# Confucius
# et l'humanisme chinois

# 孔子

# 與中國的人道主義

*Pierre Do-Dinh*

# Confucius et l'humanisme chinois

*Éditions du Seuil*

Collection dirigée par
Vincent Bardet et Jean-Louis Schlegel

La première édition de cet ouvrage a été publiée, avec des illustrations,
en 1958 dans la collection « Maîtres Spirituels ».
La présente édition en reprend le texte intégral.
Pour les caractères chinois des p. 4, 27, 115 et 116
dessinés par M. Lienstseng Wang, tous droits réservés.

ISBN 2-02-061257-7
(ISBN 2-02-000269-8, 1re publication)



www.seuil.com

À Jean Schlumberger dont l'exemple
et l'amitié m'ont soutenu.
P. D.

## Les sources

La source essentielle pour Confucius réside dans un ouvrage passablement désordonné, le *Louen yu*, souvent appelé les *Entretiens*, recueil de notes d'élèves, très succinct, des entretiens du Maître avec ses disciples. Leur recension est assez tardive, au plus tôt un siècle après la mort du Maître, et fixée sous la forme où nous la voyons sous les Han et sous les Song, c'est-à-dire de longs siècles plus tard. Malgré cela, à part quelques détails, l'ouvrage donne une certaine impression d'authenticité. Confucius s'y montre un homme et non un dieu. Ses paroles sont encore citées et commentées dans trois autres ouvrages dus ou attribués à des disciples relativement éloignés, dont son petit-fils K'ong Ki et Mencius. Ce sont le *Ta Hio* (la Grande Étude), le *Tchong Yong* (le Juste Milieu ou l'Invariable Milieu), le *Meng-tseu* (Mencius). Ils forment avec le *Louen yu* les *quatre livres* ou les *quatre classiques, chou*. Il y faut ajouter cinq autres classiques, *king*, en principe antérieurs à Confucius. Ils comprennent un manuel de divination, le *Y king* (les mutations) qu'on entoure d'un mystère exagéré, un recueil de chansons et d'hymnes, le *Che king* (les Odes), un recueil de documents historiques, le *Chou king* (les Documents), une chronique de Lou, pays d'origine de Confucius, le *Tch'ouen Ts'ieou* (Printemps et

Automne), et un rituel assez tardif, le *Li Ki* (Mémoires sur les Rites). Ce dernier rituel doit être complété par deux autres, le *Tcheou Li* et le *Yi Li*. L'enseignement de Confucius a consisté dans la transmission fidèle de cet héritage culturel et dans sa méditation et sa vénération. Il fonde ainsi un humanisme et en pose les limites. Tous ces ouvrages, antérieurs ou postérieurs à Confucius, sont minces : la *Grande Étude* tient en une seule phrase et un petit nombre de citations. On s'étonne qu'on ait pu y faire tenir tant de sagesse !

Les dits et les faits du Maître de Lou se retrouvent encore dans des commentaires, *tchouan*, à la chronique de *Printemps et Automne*, dus respectivement à trois personnages mal connus : Tso, Kou-leang et Kong-yang et enfin dans un ouvrage très tardif, attribué à Wang Sou († 256 P.C.), le *K'ong-tseu Kia-yu* (Propos de l'école de Confucius), parfois simplement nommé *Kia-yu*, qui pourrait avoir recueilli, néanmoins, des traditions anciennes. Il convient enfin de ne pas omettre la première biographie de Confucius, dont l'auteur est le grand historien Sseu-ma Ts'ien. On la lit au chapitre 47 de son *Che ki* (Mémoires historiques).

Abréviations utilisées au cours de l'ouvrage pour les références : *Louen yu* : L.Y. ; *Tchong Yong* : TCH.Y. ; *avant* J.-C. : A.C. (ante Christum) ; *après* J.-C. : P.C. (post Christum).

## Chinois et barbares

La figure géographique actuelle de la Chine date de la fin du IIIe siècle avant notre ère, avec la fondation de l'Empire. Elle est sans rapport avec les dimensions du domaine chinois primitif, tel qu'on croit le reconnaître en remontant de cette date à l'aurore des temps historiques.

Ce domaine tenait dans deux plaines du fleuve Jaune : à l'est, la Grande Plaine alluviale, allant de Pékin jusqu'à la Houai, des contreforts du Chansi à l'éperon montagneux du Chantong, mesurant 1 000 kilomètres dans sa plus grande longueur et dans sa plus grande largeur et en superficie 324 000 kilomètres carrés (un peu plus que l'Angleterre et l'Irlande réunies) ; à l'ouest, une plaine de 260 000 kilomètres carrés, le bassin de la Wei et de la Lo. À l'est, la plaine basse à demi noyée d'eau, à l'ouest, les plateaux couverts de *lœss*, cette terre jaune, friable et fertile, transportée là par les tempêtes géologiques arrachant le sol de l'Asie centrale au cours du paléolithique moyen. L'une est la terre du riz, l'autre celle du millet, le blé poussant un peu partout.

Ces plaines communiquent entre elles par un étroit couloir, de 260 kilomètres environ, dans lequel coule le fleuve Jaune. Le Honan en constitue le pays intermédiaire ; d'où son importance dans la formation de la Chine. Dès le néolithique, il semble être au centre d'une route de commerce internationale. Celle-ci mène à l'ouest jusqu'à l'Ukraine, à l'est jusqu'aux îles de l'océan Indien et du Pacifique, communiquant avec les civilisations de l'Indus et du Nil et avec l'Amérique précolombienne. Nous trouvons ainsi, parmi les sites néolithiques, à l'ouest (au Kansou) une poterie polychrome qu'on a rapprochée de l'art de Suse, de Crète et de Crimée et à l'est une industrie caractérisée par le tripode. Sur la côte, entre le Chantong et la baie de Hangtcheou, nous trouvons une civilisation dite de la poterie noire. La Chine centrale, le *Royaume du Milieu*, s'était formée à l'intersection de ces courants allant en sens contraires.

Les Chinois étaient loin d'occuper en son entier ce domaine primitif. Au contraire, ils y formaient un archipel noyé dans la « mer des barbares ». Les Ti prédominaient dans le Chansi et dans l'extrême nord. Les Jong étaient partout, dans le Chensi, au sud du fleuve Jaune, au bord de la mer et dans la vallée de la Houai. Les Yi occupaient les montagnes orientales du Chantong. Les Ti seraient des Altaïques, Toungouses ou Tartares, c'est-à-dire les ancêtres des Turcs (le nom de *Turc, fort*, ne date que du VIIe siècle), des Mongols et des Mandchous. Les Jong, peut-être les vrais indigènes, sont identifiés par M.R.A.D. Forrest avec les Miao actuels et linguistiquement ils sont rattachés par le même auteur au groupe mon-khmer, dont les représentants sont dispersés en Indochine, au Pégou, dans l'Assam et dans l'Inde (Cambodgiens, Mon, Khasi, Mounda, etc.). Ce fait n'est nullement invraisemblable. Il correspond au lent glissement des peuples de l'Asie septentrionale (et on trouve au nord de la Sibérie, dans la région de l'Iénessei, une petite population de parler tibéto-birman) en direction du sud. Une tradition Miao, assez incertaine, les font descendre de Sibérie, du pays des nuits et des jours polaires. La Chine méridionale ne faisait pas encore partie du domaine chinois. Elle était habitée par les Man. Si l'on regarde une carte linguistique, on voit que les Miao, refoulés du Honan vers le sud, sont au nord des Taï. Il est permis donc de supposer que les Man étaient des Taï. Leurs représentants les plus importants sont en Thaïlande, en Birmanie, dans l'Assam, dans la haute région du Nord-Vietnam. Leur grande vague date seulement du XIIIe siècle. Ils étaient venus en Thaïlande du Yunnan, chassés par la grande entreprise mongole de Gengis Khan. Enfin, les textes signalent jusqu'au IIIe siècle des « petits Noirs » dans la Chine du Sud, très certainement des Négritos, qu'on trouve actuellement aux Philippines. Le fond négrito et australoïde est confirmé pour toute l'Asie du Sud-Est. Les parlers de Wou (région de Changhaï), de Tch'ou (bassin du fleuve Bleu), étaient peut-être polysyllabiques, et pourraient se rattacher au malais. Des raisons linguistiques également, qui apparentent le chinois au tibétain, les feraient partir de la région des confins du Tibet oriental et de la Chine occidentale. Peut-être les Sino-Tibétains représentèrent-ils la dernière vague d'un groupe sinitique, comparable à l'indo-européen, et dont feraient partie Chinois, Tibétains, Mon, Khmers, Taï, Vietnamiens, Mounda, etc., en somme presque toutes les populations de l'Asie orientale et méridionale. Le fait que les Chinois, dispersés comme ils étaient dans des îlots minuscules, se sentaient cependant Chinois, m'incline à penser qu'ils n'étaient pas indigènes. Ils n'étaient pas forcément pour cela des Indo-européens, comme l'avait pensé Conrady, et, après lui, Terrien de la Couperie, malgré l'importance du nombre de mots chinois d'origine indo-européenne [1]. Maspéro, se fondant sur l'étude de la maison chinoise, a rejeté cette thèse quelque peu aventurée. Mais la civilisation ne prouve rien non plus quant aux origincs.

Les barbares n'étaient pas seulement au pourtour du domaine chinois. Ils étaient partout, autour même de la capitale de Loyang, habitants des marais et des forêts. Du VIII^e^ siècle au VI^e^ A.C., il n'était pas d'année où l'on n'enregistrât un de leurs raids sur les cités de la Chine centrale. La preuve de leur puissance est qu'ils étaient matrimonialement alliés parfois à des maisons princières chinoises.

Comme sans doute tous les autres pays, la Chine ne s'est pas formée dans l'isolement. Elle est le résultat d'un processus ethnogénique complexe. Elle a assimilé de nombreux éléments allogènes. Et ce fait n'est pas ancien. Il avait encore cours en pleine période féodale, c'est-à-dire dans l'âge classique, au temps même de Confucius, et même beaucoup plus tard. C'est du régime clanique, dans la nuit de la vie primitive, que sont sorties les « dix mille cités-états », qui précédaient de peu le temps de Confucius, et d'où la féodalité de son temps a tiré sa figure. En cela, elle est fort différente de la féodalité occidentale, qui est née de la décomposition d'un empire central.

## L'histoire à vol d'oiseau

On imagine ce que les premiers Occidentaux venus en Asie durent éprouver de difficulté à faire comprendre aux Chinois des faits très simples de la vie européenne, puisqu'un Marco Polo n'avait pu, à son retour de Chine, faire croire à ses compatriotes ce qu'il y avait vu. Aucun fait n'est isolé. Il est toujours situé, comme l'on dit trop souvent aujourd'hui, dans son contexte. Quand on veut saisir la vie d'une doctrine, il faut la placer dans la vie d'un peuple. C'est une tâche infinie. Pour explorer l'une et l'autre, il ne suffit pas de ce qu'elles avouent d'elles-mêmes. Ce qu'elles cèlent ou ignorent est de plus grande importance. Pour le faire apparaître, il convient de confronter les données objectives avec les subjectives, les premières options de la vie historique avec celles de l'esprit, ce qui est apparent et conscient avec ce qui est fondamental et inconscient. Cette tâche est plus difficile pour un Confucius que pour un Platon, par exemple. Nous ne partageons pas ici avec le lecteur cette sorte de connivence nécessaire à tout langage dans ce qui est inconscient et conscient. Il nous faut reconstituer tout un univers, de la base au sommet. Ses deux principales dimensions nous paraissent en être l'histoire et la langue.

Un rappel historique est d'autant plus nécessaire que la pensée chinoise se joue parmi des mythes historiques et en sort avec une sorte de continuité étonnante.

L'histoire traditionnelle commence avec les Trois Augustes, *san houang*, et les Cinq Souverains, *wou ti*. Les *Trois Augustes*, ce furent : Fou-hi, Niu-Koua, Chen-nong, les *Cinq souverains* : Houang-ti, Tchouan-hiu, Kao-sin, Yao et Chouen. Ils représentent un âge d'or, les saints rois, fondateurs de la civilisation. À Fou-hi, par exemple, est attribué, en dehors d'un livre de divination très important, le *Y king* (le Livre des Mutations), l'invention de l'écriture, des rites du mariage ; à Chen-nong celle de l'agriculture ; à

Houang-ti celle des rites, des noms de famille, de la médecine, etc. Le premier d'entre eux, Fou-hi, se situerait au ve millénaire A.C., exactement entre 4480 et 4365 A.C., selon les dates traditionnelles. C'est la période d'Obeid en Mésopotamie, et l'antiquité des dates n'a rien d'invraisemblable. D'autant plus que bien des traits caractérisant cette époque lointaine n'ont pu être entièrement imaginés par les historiens postérieurs. On penche cependant à croire qu'il s'agit de mythes cosmogoniques évhémérisés, c'est-à-dire interprétés dans le sens d'une histoire rationnelle et arrangés en fonction de théories élaborées au ive siècle A.C. Ainsi, dans certains textes non orthodoxes, nous voyons Fou-hi formant avec Niu-koua un couple s'enlaçant par la queue, Chen-nong avec la tête d'un bœuf et Houang-ti, le patron des fondeurs, faisant descendre du Ciel sa fille, la Sécheresse. De toute façon, Houang-ti est le patron des taoïstes, Yao et Chouen sont les souverains exemplaires du confucéanisme, et c'est à ces titres qu'ils nous intéressent.

Après cette période légendaire vient celle des *Trois Dynasties* : les deux premières se partagent à peu près à égalité le iie millénaire A.C., la troisième occupe à peu près le Ier millénaire A.C. De la première dynastie, les Hia, nous ne connaissons rien de certain. Elle a pu constituer peut-être un groupe de cités-états dans le Chansi. Elle est illustrée par son fondateur, Yu le grand, évacuateur des grandes eaux du Déluge, maître peut-être de l'irrigation. La seconde, celle des Chang ou Yin, ou encore appelée Chang-Yin, est à présent assez bien connue par des fouilles. Mais c'est la troisième naturellement que nous connaissons le mieux et qui nous importe le plus. Les dates approximatives, variant avec les chronologies, sont les suivantes :

| | |
|---|---|
| Hia : | 1994-1523 |
| Chang : | 1523-1027 |
| Tcheou : | 1027-249 A.C. |

Des fouilles, faites à Anyang (ou Ngan-yang), dans le nord du Honan, nous ont révélé des temples, des palais, des mausolées ; toute une civilisation qui ne nous permet plus de douter de l'existence des Chang. Il s'agit de la dernière capitale de cette dynastie, datant des environs de 1400 A.C. Elle porte déjà tous les traits qui marquent la civilisation chinoise. L'écriture était déjà entièrement formée dans son principe (idéophonétique et non idéographique). Mais elle ne comptait que 2 000 caractères au lieu des 40 000 du XVIII^e siècle de notre ère. L'art de la divination et celui du calendrier, qui jouent un rôle très important en Chine jusqu'à nos jours, étaient déjà en faveur. On a relevé vingt-trois noms sur les trente et un rois de la liste traditionnelle. Enfin, on a trouvé une sculpture en bronze et en marbre, de l'ivoire incrusté de turquoise et de nacre, des cauries venues des îles Maldives dans l'océan Indien, le masque caractéristique du monstre *t'ao-t'ie* et ces fameux tripodes, chaudrons du néolithique et même du paléolithique, devenus les vases sacrificiels et les urnes dynastiques plus tard.

Les ancêtres de la troisième dynastie, les Tcheou, avaient erré longtemps dans le *far-west* chinois, au Chensi, au nord de la Wei, cent ans environ avant leur conquête de la Chine. Ils s'arrêtèrent un moment dans la plaine de Tcheou, d'où peut-être leur nom, puis se fixèrent à Feng, au sud de la Wei, à 24 kilomètres de l'actuel Sian (ou Singan-fou). Ils étaient pasteurs et agriculteurs. Bien que la tradition les donne comme Chinois, ils ne l'étaient probablement pas mais faisaient partie de ce que ceux-ci appelaient les « barbares ». Ils firent l'unification du bassin de la Wei avec celui que l'histoire nomme le roi Wen (le Roi Accompli), et firent la conquête du royaume des Chang, dans la plaine du Honan, avec le roi Wou (Roi Martial), aidé de son frère, le duc de Tcheou. C'est grâce à ce dernier que ce qui devait être à l'origine un simple raid de pillage se transforma en un établissement durable.

Le caractère allogène des conquérants était encore manifeste plusieurs siècles plus tard (VIIIe A.C.). Il y avait comme une certaine discrimination entre conquérants et indigènes :

*Les fils de l'est*
*Sont appelés (au service) sans encouragement.*
*Les fils de l'ouest*
*Brillent dans des costumes splendides.*

Néanmoins, selon une loi historique bien connue, les Tcheou adoptèrent la plupart des usages des Chang.

Les Tcheou établirent leur capitale à Hao, près de Sian. Mais, sans doute pour mieux contrôler le domaine récemment conquis, et à la suite d'une révolte de leurs nouveaux sujets, ils fondèrent, à l'entrée de la plaine du Honan, à la sortie de l'étroit couloir où coule le fleuve Jaune, deux villes jumelles, distantes l'une de l'autre de 16 kilomètres. L'une, Loyang ou Loyi, avant de devenir une capitale, servit de relai administratif ; dans l'autre furent réunis les nobles de Chang. Ils maintinrent l'héritier de la dynastie déchue, dans la région d'Anyang, dans le fief de Wei, pour qu'il puisse y perpétuer le culte dû à ses ancêtres. Mais celui-ci se révolta. Il donna donc à un autre prince de Chang, le vicomte de Ki, la terre de Song, située un peu plus au sud. C'est des ducs de Song que descendrait Confucius.

À partir de 771 A.C., date d'une défaite infligée au roi Yeou par une coalition de barbares et de rebelles (les barbares devant ressembler à ce qu'ils avaient été eux-mêmes), les Tcheou entrèrent définitivement dans l'ère de la décadence. Leur pouvoir devint nominal et purement religieux. Leur titre de Fils du Ciel ne leur fut conservé que par l'équilibre féodal. Leur capitale fut transférée à l'est, à Loyang. On voit là comme une constante de l'histoire chinoise : la pression des barbares de l'ouest, suivie de la conquête par eux de la Chine, grâce à quoi celle-ci s'agrandit. Nous inaugurons alors l'ère des Tcheou orientaux et entrons dans la période de *Printemps et Automne, Tch'ouen-ts'ieou* (722-481 A.C.), qui est suivie de celle des *Royaumes Combattants, Tchan kouo* (403-249 A.C.). Il s'agit, en réalité, de noms de deux livres. Entre ces deux périodes on s'aperçoit qu'il y a un trou : 479-404. Aussi M. Carrington Goodrich a-t-il proposé une division chronologique plus rationnelle : début des Tcheou, Moyen Tcheou et fin des Tcheou.

La première période est marquée par la lutte entre quatre grands états, formés dans la périphérie du monde chinois, grâce en partie à l'apport barbare. Ce furent Ts'in dans le Chensi, Tsin dans le Chansi, Ts'i dans le Chantong, Tch'ou dans le bassin du fleuve Bleu (ou Yangtseu). De tous, ce dernier semblait être le moins chinois. Une coalition, de direction nord-sud, fut d'abord dirigée contre lui, menée par Tsin. Dans la deuxième période, les coalitions seront tournées vers l'ouest, contre l'inquiétante puissance de Ts'in. Les petits états centraux jouèrent naturellement le rôle de satellites. Leur sort n'était guère enviable. Lou, la patrie de Confucius, par exemple, qui avait dominé le Nord-Est chinois jusqu'au VIII^e^ siècle A.C., fut envahi vingt-deux fois entre 722 et 481. C'est une situation assez comparable à celle de notre époque.

Cette lutte pour l'hégémonie avait eu d'abord un caractère si l'on peut dire légal. C'est en 679 A.C. que le titre d'hégémon, *pa*, fut créé en faveur de Ts'i, chargé, dans l'affaiblissement du pouvoir royal, de diriger la lutte de la Confédération chinoise contre les barbares. Il fut détenu successivement par Tsin, Ts'in, Tch'ou, puis supprimé en 591 A.C.

À la fin de la période de *Printemps et Automne*, cette lutte des grands entre eux s'étendit aux classes et aux individus. Elle détruisit toute la vieille morale féodale. Par contre, elle amena des réformes, faites dans un esprit novateur dans les grands états, dans un esprit conservateur dans les petits. On voit l'aristocratie s'opposer au peuple. Ainsi, lorsque Tseu-tch'an, un contemporain plus âgé que Confucius, ministre de Tcheng, entreprit des réformes agraires, sous la pression d'ailleurs des nécessités militaires et fiscales, l'aristocratie s'écria : « *Prenons nos terres, associons-nous ! Qui tuera Tseu-tch'an ? Nous aiderons ce libérateur !* » Mais le peuple répliqua : « *Nous avons des enfants, des jeunes gens ; Tseu-tch'an les instruit ! Nous avons des terres ; Tseu-tch'an les rend fertiles.* » Dans ce bouleversement de la société féodale et son évolution vers l'Empire se forma cette classe de nobles pauvres ou sans terre qui, en s'amalgamant d'autres éléments, devait provoquer la fermentation intellectuelle qui va de Confucius à la fin de la féodalité.

À la fin du IIIe siècle A.C., Ts'in, une marche occidentale du Chensi, grâce à la supériorité de la cavalerie sur la charrerie, fit par le fer et le feu l'unité de l'Empire chinois et l'agrandit à peu près aux limites actuelles.

À partir de là, l'histoire chinoise suit la courbe d'une « montagne russe ». Entre les puissantes dynasties de Han, T'ang, etc. (voir la *Table chronologique*), s'intercalent des Moyen Âges, marqués d'abord par le morcellement, puis par les invasions barbares. La récente histoire chinoise, entre 1911 et 1949, semble reproduire le même rythme, quelle que soit la position idéologique qu'on adopte à l'égard du nouveau régime de la Chine continentale.

# La vie de Confucius

Confucius naquit à Tseou, une petite bourgade de la principauté de Lou, située dans le sud-ouest de l'actuelle province du Chantong, dans la Chine du Nord-Est. Cet événement se produisit en hiver, le 20e jour, « jour du 11e rat », du 10e mois, de la 21e année du duc Siang de Lou ou encore de la 20e année du roi Ling de la maison suzeraine de Tcheou. Cela fait dans notre calendrier solaire, d'après le calcul de M. Eul-sou Youn, le 27 août 551 (ou 552) avant J.-C.

C'était approximativement le temps du Bouddha en Inde, de Pythagore en Grèce, de Nabuchodonosor et de la captivité de Babylone en Mésopotamie. Socrate et Empédocle vinrent au monde quand Confucius venait de le quitter quelques années avant.

Lou est une petite principauté, enserrée entre deux puissants états, Ts'i au nord et Wou au sud, d'origine plus ou moins barbare. Il voisine à l'ouest avec deux autres petits états centraux du Honan, Wei et Song. Ceux-ci étaient semblables à lui par la situation dans le monde féodal, par les origines de leurs princes, par l'antiquité de la civilisation, par l'ancienneté de leur place dans la Confédération chinoise. Toutefois, Lou, plus orienté vers la côte, paraissait moins civilisé. Il touchait à la province du Honan, berceau de la Chine, et il regardait vers la mer, au-delà des sombres escarpements rocheux, où se dresse le T'ai chan, la montagne sainte, aux cèdres éternellement verts. Confucius l'avait contemplée dans son enfance et il en rappellera l'image à l'heure de sa mort. Mais surtout Lou eut l'honneur d'avoir été fondé par le duc de Tcheou, dont le fantôme hantait volontiers ses paysages. Celui-ci était le sage conseiller des premiers rois quelque six siècles plus tôt. Confucius eût aimé jouer le même rôle auprès des princes de son temps.

*Confucius* est la forme latinisée, due aux jésuites, de *K'ong fou-tseu*, Maître K'ong. Son nom de famille est K'ong, son nom personnel K'ieou et son surnom ou plus exactement son nom personnel public Tchong-ni ou Ni le Cadet.

Son père serait Chou Leang Ho (mais on n'en est pas très sûr), fils de Po-hia et petit-fils de K'ong Fang-chou, gouverneur de Fang, le premier de la lignée qui émigra à Lou. Il aurait été lui-même gouverneur de Tseou. (Confucius était parfois désigné sous le nom de *fils de l'homme de Tseou*.) Il s'illustra en 536 A.C. dans le siège de Pi-yang. Au cours de l'action, il pénétra dans la place assiégée par une porte à glissières, ouverte à dessein, qui pouvait être remontée de bas en haut. À peine y fut-il entré avec ses hommes que la porte se referma. Sa force était assez grande heureusement pour lui permettre de soulever des deux mains la porte. Il put ainsi se sauver et sauver ses frères d'armes. En une autre circonstance, en 556 A.C., en compagnie de deux autres chefs militaires et à la tête de trois cents hommes, il exécuta de nuit une mission de sacrifice en opérant avec succès une sortie contre l'encerclement organisé par une armée de Ts'i. Dans les deux cas, il agissait comme un officier de rang subalterne.

Confucius serait de race royale, descendant des rois de Chang. Lorsque la dynastie de Tcheou remplaça celle de Chang, les vainqueurs donnèrent la terre de Wei au dernier prince de la dynastie déchue pour y perpétuer les sacrifices ancestraux. Mais celui-ci se révolta. On fit donc appel au vicomte de Ki, fils de l'avant-dernier roi, mais d'une femme secondaire, et qui vivait dans la retraite, pour ainsi dire dans l'opposition, sous le règne de son frère, le dernier roi de Chang. Il aurait eu aussi le mérite d'avoir transmis à la nouvelle dynastie le *Hong-fan*, la Grande règle de gouvernement en neuf articles des Chang. En récompense de quoi, il reçut le fief de Song, au sud de Wei, dans le Honan.

Le nom de *K'ong* apparut pour la première fois, au VIII^e siècle A.C. avec K'ong Fou-kia. Il était alors séparé de la lignée régnante des ducs de Song par cinq générations, et l'usage voulait qu'il prît un nouveau nom pour s'en distinguer. Pour son malheur, Fou-kia avait une femme dont la beauté séduisit le Premier ministre Hoa Tou. Celui-ci le fit assassiner en 710 A.C. Mais lorsqu'on amena la femme au palais, celle-ci se suicida en cours de route, en s'étranglant avec sa ceinture. De là naît une longue animosité entre les deux familles. Finalement, l'arrière-petit-fils de Fou-kia dut s'expatrier à Lou. Ce fut K'ong Fang-chou qui reçut le commandement de la forteresse de Fang, probablement à cause de sa noble origine. (Mais, comme Fang appartenait au puissant clan de Tseng, le fait ne paraît pas très sûr, à moins que Fang-chou ne fût au service des Tseng.) Fang se trouvait à neuf kilomètres au nord-est de la capitale de Lou, située sur un plateau à 400 mètres à l'est de l'actuel K'iu-fou. Tseou se trouvait dans la banlieue est de la capitale. Cela veut dire que le père de Confucius n'habitait pas à l'intérieur des remparts de la cité comme les grands nobles de l'époque.

Chou-leang Ho se maria d'abord avec une fille de la famille Cheu. Il en eut neuf filles. D'une femme de second rang il eut un fils infirme, Möng-p'i, de son surnom Pö-ni. Mais les filles ainsi qu'un homme qui ne possède pas l'intégrité de sa personne physique ne sont pas aptes à perpétuer le culte des ancêtres, chose très importante dans la société chinoise. Il épousa donc, à un âge avancé, à plus de soixante-dix ans, une fille très jeune, de la famille Yen,

**Généalogie de Confucius**

ROIS DE CHANG (1523-1027 A.C.)

Ki Vte de Wei — *prince de Song*

Tchong-seu — *prince de Wei, frère cadet de Ki*

Ki
*duc de Song*

Chen
*duc Ting*

Hong — *duc Min*

Hi — *duc Siang* † 908

Fou-fou Ho † 893 — *tué par son frère Fang-seu*

Fang-seu — *duc Li*

Song-fou Tcheou

Che-tse Cheng ( ?)

Tch'eng Kao-fou, VIIIe s. A.C.
*humble et savant, rechercha les poésies anciennes*

K'ong Fou-kia † 710
*maître des chevaux, tué par Hoa Tou*

Mou-kin-fou
*tomba au rang de simple noble*

Kao-y *ou* K'i-fou

K'ong Fang-chou

Po-hia

Chou-leang Ho † 553

K'ong K'ieou *ou* Confucius (551-479 A.C.)

à l'âge où celle-ci portait encore l'épingle aux cheveux, c'est-à-dire à quinze ans. Mariage « disproportionné », dit pudiquement Sseu-ma Ts'ien. Est ainsi appelé tout mariage contracté par un homme avant seize et après soixante-quatorze ans et par une femme avant quatorze et après quarante-neuf ans. C'est de cette famille Yen que vient le disciple préféré de Confucius, Yen Houei, parfois comparé à saint Jean.

Le père Yen réunit ses trois filles et leur parla ainsi :

– Voici comment est le commandant de Tseou. Son père et son grand-père sont de simples nobles. Mais ses ancêtres descendent de nos saints rois. Il mesure dix pieds de haut et sa bravoure est extraordinaire. Je suis désireux de m'allier avec lui. Bien qu'il soit vieux et d'un caractère austère, il n'y a pas lieu d'hésiter. Qui de vous, mes trois enfants, veut être sa femme ?

Les deux filles aînées restèrent silencieuses. Mais la plus jeune, Tcheng-tsai, s'avança et dit :

– Notre père nous a ordonné. J'obéirai. À quoi bon nous interroger ?

Tcheng-tsai fut donc présentée au temple ancestral de la famille de son époux, trois mois sans doute après le jour où elle vint dans la famille pour la première fois. Après cette cérémonie, elle conçut la crainte qu'elle ne pourrait pas avoir en temps utile un enfant mâle, étant donné le grand âge de son mari. Elle alla donc en secret prier à un temple situé sur le mont Ni-k'ieou. Ce serait là l'origine du nom de Confucius, *K'ieou*, une colline ou exactement un tertre creux. Pour Sseu-ma Ts'ien, il viendrait de la forme du crâne de Confucius, un peu aplati au sommet et relevé aux bords. D'autres disaient qu'il avait le front haut et un peu bosselé, d'où lui viendrait son nom.

Comme elle montait la pente du Ni-K'ieou – et c'est un des rares traits légendaires de la biographie de Confucius – les feuilles des arbres et des plantes se redressèrent ; elles s'inclinèrent gracieusement et avec déférence à son retour. Cette nuit, Tcheng-tsai vit en rêve le Seigneur Noir (Seigneur des Eaux), qui lui dit :

– Vous donnerez le jour à un fils, un sage, que vous déposerez dans un mûrier creux.

Un jour, durant sa grossesse, elle tomba dans un état de somnolence ou de rêve éveillé. Elle eut la vision de cinq vieillards qui se donnèrent comme les essences des cinq planètes. Ils conduisaient avec eux un animal qui avait l'air d'un veau, mais était pourvu d'une corne et couvert d'écailles comme un dragon. L'animal s'agenouilla devant elle et vomit une pièce de jade sur laquelle on lit :

*Un enfant né de l'essence de l'eau succédera à la dynastie décadente des Tcheou comme roi sans couronne.*

Tcheng-tsai noua un ruban de soie brodé autour de la corne de l'animal ; puis la vision disparut. Au récit qu'elle lui fit de cet étrange événement, son mari lui déclara :

– Ce doit être la licorne, le *k'i-lin*.

Comme le jour de sa délivrance approchait, elle s'enquit auprès de lui de l'existence d'un endroit qui s'appellerait « le mûrier creux ». Chou-leang Ho lui révéla qu'il y avait en effet dans la colline du sud une grotte de ce nom.

– Je vais aller m'y enfermer, fit-elle.

Il en fut surpris, mais, après explications, fit procéder aux arrangements nécessaires. Au moment où elle donna naissance à son fils, deux dragons veillaient à droite et à gauche de la colline ; deux esprits féminins apparurent dans l'air et arrosèrent de parfums la grotte, une source d'eau chaude jaillit et sécha aussitôt pour laver le corps de l'enfant nouveau-né. L'air résonna d'une musique céleste et l'on entendit distinctement :

*Le Ciel, ému de vos prières, vous a donné un fils saint.*

Sseu-ma Ts'ien, il convient de le remarquer, ne retient pas cette légende. Le *Louen-yu* l'a brièvement résumée. Toutefois, la grotte du « mûrier creux » y est remplacée par la maison familiale, à dessein sans doute. Le mûrier fait penser, en effet, à quelque amour illégitime. L'expression a le même sens encore aujourd'hui en littérature. Il rappelle les fêtes orgiaques de la vie paysanne primitive qui se passaient dans les champs de mûriers.

Il en reste des traces sensibles de nos jours chez les populations montagnardes du Nord-Vietnam et du sud de la Chine et, survivance singulière, au village de Lim, dans le delta nord-vietnamien. Garçons et filles, à certain moment de l'année, se réunissent au bord des rivières ou dans les champs pour chanter et s'inviter à l'amour, joutes de chants alternés qui rappellent les joutes sexuelles antiques. Ce sont des rites de fécondation du sol et peut-être, comme la danse de l'épi dans l'Assam, appartiennent-ils à l'âge du matriarcat, que les mœurs patriarcales du patriciat chinois s'efforcèrent, non sans mal, de supprimer.

K'ONG

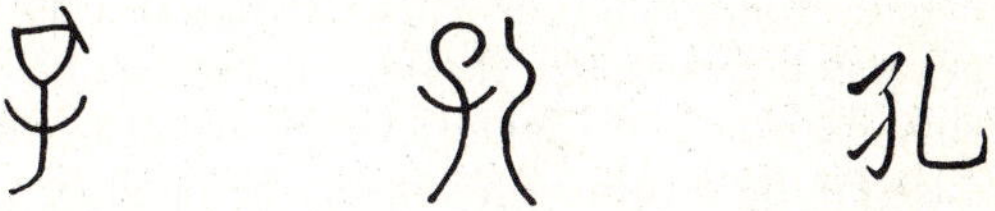

*époque de Confucius* *7 siècles après* *caractère actuel*

Le nom de Confucius les évoque également. Le caractère *K'ong* veut dire *creux* ; il est composé de deux éléments graphiques qui avaient signifié : *œuf d'hirondelle*. C'est rappeler le printemps où garçons et filles allaient en chœur chercher les œufs d'hirondelle. Mais c'est dire aussi que la famille de Confucius descendait des rois de Chang dont le premier ancêtre est « né d'un œuf d'hirondelle ».

Marcel Granet a remarquablement analysé le contenu sociologique de ce mythe et en général de l'hagiographie confucéenne. Ils ressortiraient de théories tardives (environ le IVe siècle A.C.) sur la correspondance entre éléments : les cinq éléments symbolisés par les cinq vieillards. Ainsi les Chang régnèrent par la vertu de l'eau ;

d'où le Seigneur noir, Hö Ti, l'eau correspondant au noir, mais aussi le crâne en forme de tertre creux de Confucius.

Nous n'avons pas l'intention de reprendre cette analyse complexe. Concluons simplement que la biographie confucéenne a dû subir un certain traitement pour entrer, heureusement d'une manière imparfaite, dans le moule de l'orthodoxie postérieure.

## Enfance et jeunesse

De l'enfance de Confucius, on sait peu de choses. Elle fut pauvre et obscure. Il perdit son père à l'âge de trois ans. Sa très jeune mère, veuve à dix-huit ans, dut l'élever avec le maigre produit d'un lopin de terre, octroyé aux veuves de fonctionnaires sans fortune. Il a dû s'exercer à divers travaux manuels. Il allait pêcher ou chasser. Mais il ne se servait pas de filets ou de pièges et ne tirait pas sur les oiseaux qui dormaient sur une branche (L. Y. VII, 26). Il dit plus tard à un haut personnage qui s'étonnait de ses nombreux talents :

*Quand j'étais jeune, j'étais d'humble condition ; c'est pourquoi j'ai dû m'exercer à beaucoup de choses ; mais ce sont des choses de peu d'importance ; le sage a-t-il besoin de savoir faire beaucoup de choses ?* (L. Y. IX, 6.)

Il avait, dans ses jeux d'enfant, un certain goût à manier les objets sacrificiels. Rien d'étonnant à cela. Les petites cours provinciales, à l'écart de la politique de puissance des grands états de l'époque, étaient fort occupées de cérémonies et de rites. L'enfant a dû en voir à Lou plus qu'ailleurs ; au surplus, la capitale était une petite cité, et ce qui se passait à la cour était immédiatement connu de la ville. À l'âge de sept ans, il aurait été l'élève d'un maître de Ts'i. Mais le fait est contesté. Il nous dit simplement qu'il s'appliqua à l'étude à l'âge de quinze ans, décrivant ainsi son itinéraire spirituel :

*À quinze ans, je m'appliquai à l'étude ; à trente j'étais fermement établi ; à quarante je ne doutais plus ; à cinquante je connaissais le décret du ciel ; à soixante je comprenais ce que j'entendais ; à soixante-dix ans, en suivant les inclinations de mon cœur, je ne transgressais pas la règle* (L. Y. II, 4).

Où et avec qui a-t-il fait ses études ? Nous l'ignorons. Les écoles alors portaient des noms variés, *hio, hiao, siu, ts'ang*, etc. Certaines étaient des écoles de village, d'autres de la capitale. Il n'est pas interdit d'imaginer qu'il les ait faites dans les collèges de nobles, car son enseignement s'en inspira. C'étaient des sortes de séminaires où, entre dix et vingt ans, le jeune noble était formé à la vie militaire et à la vie de cour. L'école était établie en dehors de la cité ou du village, dans la banlieue du nord-ouest. Elle était isolée par un fossé semi-circulaire ou circulaire. Le programme en indique l'esprit : histoire, littérature, calcul, écriture, musique, danse, plus un cours de maintien (rituel) et des exercices militaires (tir à l'arc, conduite de char). À cela s'ajoute l'enseignement des *trois vertus* cardinales : fidélité au prince, au maître, au père, conçue selon le même patron féodal et dans l'ordre de priorité ici indiqué. Sont classées curieusement dans les six métiers ou techniques les matières suivantes : danse, musique, tir à l'arc, conduite des chars, écriture, calcul.

À la fin des études, avait lieu la prise du bonnet viril. Le jeune noble laissait pousser ses cheveux, et, en un jour faste, déterminé par l'achillée, au deuxième mois de l'année, la cérémonie se passait dans le bâtiment oriental, devant les parents et les amis.

*En ce jour excellent, en ce jour faste*, s'entendait dire le jeune noble, *pour la première fois est placé sur votre tête le bonnet. Que soient bannis vos sentiments d'enfant, agissez conformément à votre vertu d'homme fait ; que votre vieillesse soit heureuse ; que soit accru votre bonheur resplendissant.*

Le jeune homme recevait alors un nom d'adulte ou nom public, *tseu* qu'on traduit parfois par *surnom*, faute de terme plus commode, qui remplacera désormais le nom, *ming*. Ainsi, le nom personnel de Confucius est K'ieou, et son « surnom » Tchong-ni.

Avant de donner le nom nouveau, on proclamait :

*Les rites et les cérémonies sont accomplis. En ce mois favorable, en ce jour faste, je proclame votre surnom. Or, ce surnom est parfaitement favorable ; à un patricien portant un chignon, c'est un nom qui convient ; il vous convient à vous qui êtes parvenu à l'âge d'homme ; pour toujours recevez-le et gardez-le*[2].

## L'entrée dans la vie

Confucius se maria à dix-neuf ans avec une fille de la famille Kien-kouan, originaire de la principauté de Song, le pays d'origine de sa famille. L'année suivante, il eut un fils, Li, *la Carpe*. À l'occasion de cette naissance, le duc Tchao lui avait fait don d'une carpe. Pour commémorer la faveur du prince, il donna le nom de Li à son fils, et plus tard le surnom de Pö-yu, *Carpe l'Aîné*, le surnom étant souvent une paraphrase du nom personnel. Le fait que le duc eût fait don à Confucius d'une carpe montre que, malgré sa pauvreté, il gardait un rang honorable à la capitale de Lou. Ce ne fut pas, en effet, une mince faveur, et il était arrivé que dans une circonstance semblable un homme coula un bronze pour la commémorer.

Il eut aussi une fille, on ne sait à quel moment de sa vie. Il la maria à Kong-ye Tch'ang, un homme qui passait pour entendre le langage des oiseaux. À l'époque du mariage, il était injustement emprisonné. Malgré cela, Confucius lui donna sa fille.

Vers la même époque, il obtint la charge d'intendant des greniers publics. L'année suivante, il fut désigné à la surveillance des pieux auxquels on attachait les bœufs et les moutons du sacrifice. Il disait alors, nous rapporte Mencius (V, II, 5) :

*Je fais en sorte que mes comptes soient exacts, voilà tout. Je fais en sorte que les bœufs et les moutons soient gras et vigoureux, qu'ils croissent, voilà tout. C'est une faute que de parler des choses élevées dans une situation humble.*

C'est une doctrine que reprendra le *Tchong Yong* (l'Invariable Milieu) : agir en fonction exacte de sa situation.

À sa vingt-deuxième année, en 530 A.C., il ouvrit une école à Lou. Il faisait payer chacun à la mesure de ses moyens.

*Chaque fois que quelqu'un est venu de lui-même à mon école, en m'apportant les présents d'usage, ne fût-ce que dix tranches de viande séchée, je ne lui ai jamais refusé mes enseignements* (L. Y. VII, 7).

Il exigeait une prédisposition de la volonté et de l'intelligence.

*Je ne puis faire comprendre à celui qui ne s'efforce pas de tout son cœur de comprendre. Je ne puis apprendre à parler à qui ne s'efforce pas de parler. Si je lui ai dévoilé un coin d'une question et qu'il n'en a pas vu les trois autres, je renonce à l'enseigner* (L. Y. VII, 8).

*– Celui qui ne dit pas : comment faire ? comment faire ? que puis-je faire pour lui ?* (L. Y. XV, 2).

Ce fut bien une école et non une « école philosophique ». Le programme en était sensiblement celui de l'enseignement officiel. Toutefois, on laissait de côté le programme d'été avec les exercices en plein air pour se concentrer sur le programme d'hiver. On étudiait et on s'exerçait aux rites, à la musique et à la poésie. On étudiait l'histoire, les actes des rois dans le *Chou king* (le livre des Documents), et Confucius y ajoutait la chronique de son pays, dite de *Printemps et Automne*. Il enseignait l'Antiquité et rien d'autre. *Je transmets et n'innove pas* (L. Y. VII, 1). Ce n'était pas une déclaration de principe. C'était peut-être une formule publicitaire ; car les jeunes nobles ne venaient pas chercher autre chose, et ils se méfieraient plutôt des innovateurs.

On imagine le jeune maître de vingt-deux ans, déjà réputé pour sa science, assis sur les marches du terre-plein de la salle principale, devant la cour intérieure, la face tournée vers le sud, comme un prince recevant ses vassaux. Il était comme le patron féodal en face de sa clientèle ou comme le *gourou* hindou qui détient dans sa personne le secret et la caution ultime de sa science. Les élèves se tenaient devant sa porte : *men-jen*, les hommes de la porte ou disciples. La disposition des maisons chinoises n'a pas sensiblement changé. Et qui les connaît se représente sans peine la scène.

Deux ans plus tard, en 528 A.C., sa mère mourut, à peine âgée de quarante ans. La destinée de cette femme, dont on entend à peine parler dans l'histoire, n'est pas sans émouvoir. Confucius voulut l'enterrer avec son père, dans la même tombe, à Fang, l'endroit où les ancêtres de la famille vinrent pour la première fois s'établir à Lou. Mais son père était mort depuis plus de vingt ans et il ignorait où était l'emplacement de sa tombe. Grâce à une vieille femme, Wan-fou, il apprit que la tombe de son père se trouvait au carrefour des Cinq Pères, près de Tseou. C'était une sépulture provisoire, qui attendait, selon l'usage chinois, après quelques années, d'être transportée dans un lieu géomantiquement bien situé. Il transporta donc les restes de son père et de sa mère à Fang et les enterra, l'un à côté de l'autre. Puis il éleva au-dessus un tumulus de quatre pieds de haut. Mais c'était contre l'usage des Anciens. Et quand ses disciples qui étaient restés en arrière revinrent, en retard, lui dire que l'orage avait détruit le tumulus, il devait y voir une punition des dieux.

– Ah, fit-il, ils ne faisaient pas ainsi dans l'antiquité !

Et il éclata en larmes.

– Dans les temps anciens, dit-il, on n'élevait pas de tumulus au-dessus de la tombe. Mais je suis un homme qui appartient au nord et au sud, à l'est et à l'ouest. J'ai besoin de quelque chose pour me rappeler.

C'était exprimer le sentiment ou le pressentiment de sa destinée errante.

Il porta le deuil de sa mère pendant vingt-sept mois – période réglementaire – c'est-à-dire trois fois la durée de la conception de neuf mois. Cinq jours après la fin du deuil, il commença de jouer de son luth ; et ce fut seulement cinq jours plus tard qu'il put chanter en s'accompagnant de son instrument favori.

Cependant, comme il portait encore la ceinture de deuil, le chef du puissant clan Ki donna un banquet aux hommes de valeur. Il n'eût pas dû y aller, s'il s'était conformé aux rites. Mais il se présenta au banquet. L'officier de la famille Ki, Yang Hou, redoutable ambitieux dont on entendra parler dans la suite, lui fit alors un affront :

– Le Chef de famille Ki offre un banquet aux hommes de valeur. Il ne se permettrait pas de vous offrir un banquet.

Confucius se retira.

Dans les deux ou trois années qui suivirent son deuil – le deuil ayant été le temps de l'inactivité –, il devait continuer de s'instruire et d'instruire. Vers la fin de cette époque, il alla chez maître Siang se perfectionner en musique. Il y était fort sensible et, comme tous les Chinois, il lui attribuait une vertu singulière. Elle avait le don de révéler l'âme – du moins à une âme amie – et de la guérir, d'assurer l'ordre et la paix de la société et de l'univers.

Après qu'il eut étudié dix jours, maître Siang lui dit :

– Vous pouvez aller plus loin.

– Moi, K'ieou, dit-il en se désignant par son nom personnel, pour marquer son humilité, je me suis exercé aux mélodies, mais je n'ai pas encore saisi les proportions numériques.

– Vous pouvez aller plus loin, réitéra Siang.

– Je n'ai pas encore compris quel homme, avoua K'ieou, se tenait derrière cette musique.

– L'air majestueux que vous jouez porte quelque pensée profonde, l'air joyeux que vous jouez porte quelque haute espérance ou quelque pensée lointaine.

– J'ai compris qui était cet homme. Son apparence ténébreuse est noire ; de haute taille il est grand. Son regard est du mouton qui regarde au loin ; son cœur est de celui qui règne sur le royaume des quatre orients. Si ce n'est le roi Wen, qui serait-ce ?

Le roi Wen, c'était le fondateur de la dynastie des Tchéou. C'était donc la musique de ce roi, inventée six siècles plus tôt. Et ici encore la préoccupation politique est présente !

En 524 A.C., un petit chef d'un petit état, situé à cent soixante-dix kilomètres au sud-ouest de la capitale de Lou, le vicomte de T'an, vint à Lou. Le duc donna un banquet en son honneur. Beau parleur, l'homme de T'an déclara que les rites des premiers souverains, depuis le légendaire Houang-ti, étaient fidèlement conservés à T'an. Confucius fut fort intéressé et n'eut de cesse qu'il n'eût tiré du vicomte tout ce qu'on pouvait savoir dans son pays. L'anecdote, malgré son authenticité incertaine, montre plusieurs choses : que Confucius était invité à la cour, que tout le milieu était passionné de rites et entièrement tourné vers le passé. Il n'en était pas tout à fait ainsi dans les grands états périphériques, aux origines plus ou moins barbares. Dans ces derniers, une morale réaliste et barbare de puissance ; dans les autres, au contraire, un idéal archaïsant de civilisation. Le parallèle pourrait être fait avec notre époque.

En 522 A.C., – Confucius était alors dans sa trentième année, l'âge où son esprit, dit-il, était fermement établi – le duc King de Ts'i vint à Lou, accompagné de son savant ministre Yen Ying ou Yen P'ing-tchong dont Confucius louait la fidélité en amitié. Le duc King fit venir Confucius et lui demanda :

– Autrefois le duc Mou de Ts'in *(mort juste un siècle avant)* possédait un petit territoire, situé dans une région écartée *(le Chensi)*. Comment se fait-il qu'il ait pu obtenir l'hégémonie ?

Confucius lui répondit :

– Quoique le duc de Ts'in eût un royaume petit, sa résolution était grande ; quoiqu'il demeurât dans une région écartée, sa conduite était juste et correcte. Il éleva lui-même au titre de grand officier l'officier des cinq béliers ; il le retira lui-même des liens qui le garrottaient et s'entretint avec lui pendant trois jours. Puis il lui confia le gouvernement. Il pourrait même obtenir la royauté ; c'est peu qu'il ait obtenu l'hégémonie.

C'était inviter le duc à employer les sages, à les choisir personnellement et à les traiter avec déférence. Le duc King fut satisfait de la réponse. Ayant à lutter contre les clans nobles de son pays, il semblait chercher un appui du côté des « sages », des intellectuels de l'époque, classe indéfinie et, somme toute, peu redoutable. Il semblait les chercher à Lou, qu'il considérait comme un protectorat. Son premier ministre, Yen Ying, venait d'ailleurs de ce milieu, homme de modeste origine, venu des régions barbares de la côte. Bien qu'il fût, en réalité, au service des clans nobles, sa présence à la tête du pays était quand même un signe des temps.

En 518 A.C., un des principaux ministres de Lou, le chef de l'un des trois puissants clans de ce pays, Möng Hi, s'apprêtait à mourir. Se souvenant que l'ignorance des rites lui avait valu, dix-sept ans avant, des déboires, il fit venir auprès de lui son fils, Möng Y.

– La connaissance des rites, lui dit-il, fait le fondement d'un homme. Sans elle, il ne peut se tenir ferme. J'ai ouï dire qu'il y a un homme qui les connaît parfaitement, c'est K'ong K'ieou (Confucius). Il est de la descendance des saints hommes. Et, bien que sa lignée soit éteinte à Song, il y eut parmi ses ancêtres Fou-fou Ho, qui renonça au trône ducal en faveur de son frère, et Tch'eng K'ao-fou, qui était réputé pour sa science et son humilité. Tseng Hi a observé que si des hommes sages et de haute vertu n'atteignent pas à la place éminente qui leur revient dans le monde, il ne manquera pas de se produire dans leur postérité un homme doué de pénétration. Ces paroles se vérifient pour K'ong K'ieou. Après ma mort, vous devrez aller étudier les rites chez lui.

## Voyage à Loyi

Ce fut ainsi que Möng Y et un autre fils de famille puissante, Nan-kong King-chou (ou Nan-kong Koua), se présentèrent au portail de Confucius, comme disciples. Grâce à leur intervention, Confucius obtint les moyens d'étudier les rites et la musique à Tcheou, où l'on pensait qu'ils s'étaient conservés dans leur pureté originelle. Le duc de Lou lui donna un char, deux chevaux, un serviteur. Il partit avec Nan-kong King-chou.

Malgré l'affaiblissement politique des rois de Tcheou, qui réduisit à rien leur domaine, la capitale de Tcheou était un centre religieux auquel demeuraient attachés de grands souvenirs. On pense à la Rome médiévale ou au Vatican. Longtemps, il est vrai, plus tard, un poète en vantera les « chemins hauts et larges ». Et Chao Young, au XI^e siècle P.C., dira : « Je suis heureux d'être un homme et non une femme ; un Chinois et non un barbare ; et parce que je vis à Loyang, la plus belle cité du monde. » C'était à peu près ce que disait un contemporain de Confucius, Joung Tchi-k'i.

Le voyage, même en ce temps-là, ne devait pas être très difficile. Nos voyageurs suivaient certainement la route par digue, qui bordait les rives du fleuve Jaune. Car les chars alors comme aujourd'hui l'exigeaient. Dès qu'ils eurent perdu de vue les lignes sévères du T'ai chan et les collines basses du Chantong, ils étaient aussitôt dans la riche plaine du Honan. À partir du coude de Kaifong, ils tournaient à l'est, toujours en suivant le grand fleuve. Ils pouvaient regarder les eaux opaques de ce fleuve aux couleurs d'opale, fleuve nourricier, coulant sur une faible pente, qui rend son cours extrêmement capricieux. Jusqu'en 1194, il débouchait dans la mer au nord du massif du Chantong ; à cette date, il prit un cours en direction méridionale, pour reprendre la voie septentrionale en 1853, divaguant sur une distance égale à celle qui sépare la Manche de la Camargue, balayant naturellement tout sur son passage. Il inspirait une grande crainte aux riverains, qui lui consacraient un culte en l'espèce d'un serpent nourri dans un temple, probablement parfois avec des sacrifices humains. On mariait parfois, à certaines périodes de crue, une jeune fille au comte du Fleuve, *Ho Pa*. Dès que nos voyageurs furent en vue des contreforts du T'ai Hang, ils étaient à Loyi.

Cette cité, on s'en souvient, fut fondée, environ six siècles plus tôt, par le duc de Tcheou. Mais elle ne devint capitale qu'au temps de la décadence de la maison royale. Jusque-là, la capitale royale avait été à Hao, près de l'actuel Sian (ou Si-ngan-fou), dans le *far-west* chinois, au Chensi, de l'autre côté du couloir où coule le fleuve Jaune. C'est une région stratégiquement bien située, d'où partira le Premier Empereur comme aussi Mao Tse-tung, où toutes les dynasties avaient installé leur capitale, aussi longtemps qu'elles étaient capables de résister aux assauts des barbares.

Aujourd'hui encore, on peut voir, dominant la vallée de la Wei, sur un petit plateau, les tombeaux des premiers héros des Tcheou. Dans la brume du lointain ils forment des pyramides de terre tronquées de huit à dix mètres de hauteur, avec une dimension triple à la base, d'après les estimations de M. Herlee G. Creel. Les villages environnants les entretiennent depuis plus de trois mille ans. Les tombeaux des rois Wen et Wou, du duc de Tcheou, de leurs successeurs, les rois Tch'eng et K'ang, sont groupés dans un espace d'environ six kilomètres carrés. Ils y dorment, dit Creel, dans un « silence majestueux ». Pour qui connaît l'histoire de la Chine, le spectacle ne manque pas d'être impressionnant. Au nord, on voit la montagne d'où étaient venus les premiers Tcheou, au sud le profil lointain de la chaîne du Ts'in ling.

Confucius et Nan-kong King-chou arrivèrent à Loyi, on imagine dans quelle disposition d'esprit. Ils purent admirer le palais royal dont l'enceinte extérieure mesurait 3 500 mètres de tour. Elle formait un carré dont chaque côté comptait trois portes, surmontées de tours de garde. Les bâtiments devaient être de la dimension de ceux de la dynastie Chang, mille ans avant, et que les fouilles d'Anyang nous ont révélés : huit à neuf mètres de large sur vingt-huit à trente de longueur. Les toits ne descendaient peut-être pas aussi bas que ceux d'aujourd'hui et n'étaient pas recourbés. (Ce phénomène est d'origine méridionale ; et à l'époque, le sud du fleuve Bleu n'était pas encore chinois.) Peut-être étaient-ils déjà ornés d'animaux fabuleux comme la licorne. Les murs, les colonnes et les poutres devaient êtres polychromes, et ces dernières saillantes. Le parquet était en terre battue.

Le *Livre des Odes* nous décrit ainsi le palais :

*Près des gracieuses courbes de ces rives,*
*Avec les collines du sud si calmes dans le lointain,*
*(Le palais) solide comme les racines du bambou,*
*(Son toit) pareil à la cime luxuriante d'un pin.*

Et encore :

*Longues sont les poutres de pins saillantes,*
*Hautes sont les nombreuses colonnes.*

Par l'une des portes ouvertes au sud, on pénètre dans une cour où l'on trouve, entre autres choses, à l'est les neuf urnes dynastiques, au fond la salle des audiences solennelles. En suivant l'une des neuf avenues longitudinales (et neuf transversales), on passe par une autre porte pour entrer dans une autre cour, avec une autre salle d'audience, et c'est seulement après la troisième porte qu'on accède aux appartements royaux et au parc.

Confucius inspecta les tertres où, lors de la cérémonie *kiao*, après avoir jeûné et s'être purifié, le Fils du Ciel présentait les offrandes au Ciel. Il examina les tertres consacrés au culte du sol et du grain, *chő tsi*, qui symbolisent le domaine seigneurial et plus tard l'État. Autour de ceux-ci s'élevaient des châtaigniers, depuis la dynastie des Tcheou, arbres qui devaient inspirer l'idée de la rigueur du châtiment. Il visita le Hall de Lumière, *Ming t'ang*, où étaient reçus les feudataires. Dans ces circonstances, le roi avait la face tournée au sud, la direction d'où vient le *yang*. Ses bras étaient appuyés sur des tabourets ornés de jade ; à sa gauche se tenait un ministre le secondant dans la réception, une sorte de ministre du protocole, à sa droite le Grand Scribe. Le seigneur se prosternait sans s'approcher ; après quoi, il restait debout au milieu de la cour. Quand le roi avait parlé, le scribe prenait note. Le seigneur se prosternait de nouveau et se retirait à reculons. Sur les murs, Confucius pouvait voir les portraits des souverains des premiers âges, Yao et Chouen, les fondateurs augustes de l'ordre humain, sous le patronage desquels il s'était mis. Mais quelle ne fut pas son émotion, le sentiment de révérence silencieuse qui l'emplit, lorsqu'il se trouva en face du portrait du duc de Tcheou, le fondateur de Lou, dont l'image le hantait.

Le duc, alors régent, tenait sur ses genoux le roi Tch'eng, encore enfant, et recevait les seigneurs des quatre orients de l'univers chinois.

– Ici, déclara Confucius, nous voyons comment les

Tcheou devinrent grands. Comme dans un miroir nous lisons dans l'antiquité la raison du présent.

Si déjà au temple ancestral de Lou, il posait « des questions sur tout », on imagine ici toutes les questions que sa piété envers le passé lui faisait se poser à lui-même.

Il alla interroger Tch'ang Hong (mort en 492 A.C. d'après le *Houai-nan-tseu*) sur la musique. Les maîtres de musique étaient en général aveugles, et Confucius, en plus d'une circonstance, témoignait à leur endroit beaucoup de respect et d'active compassion. Mais il ne semble pas que Tch'ang Hong fût aveugle, si nous en croyons le jugement qu'il formula sur Confucius.

– J'ai observé sur Tchong-ni plus d'une marque du sage. Il a les yeux comme un fleuve et un front de dragon. Il mesure neuf pieds et six pouces de hauteur et ressemble à T'ang le Victorieux. Quand il parle, c'est pour louer les anciens rois. Il suit la voie de l'humilité et de la courtoisie. Il a entendu beaucoup de choses et les retient. Ses connaissances semblent inépuisables. N'avons-nous pas affaire avec lui à la montée d'un sage ?

Lao-tseu ou le Vieux Maître était alors archiviste à Loyi ou gardien des trésors royaux. Confucius désira l'interroger sur les rites. Quand il lui eut parlé des anciens sages, Lao-tseu lui dit :

– Tous ceux dont vous parlez, leurs os sont tombés en poussière ; seules leurs paroles restent. Quand le sage trouve à s'employer, il va en char ; sinon il marche en tenant lui-même son dais. J'ai entendu dire qu'un bon marchand cache soigneusement ses marchandises et fait comme s'il n'avait rien et qu'un sage parfait se donne l'air d'un sot. Abandonnez cet air arrogant et vos désirs insatiables, votre mine apprêtée et vos ambitions excessives. Tout cela ne vous est d'aucun avantage.

Cet entretien a été rapporté par Sseu-ma Ts'ien, au chapitre 63 des *Mémoires historiques*, consacré à Lao-tseu.

Dans le chapitre 47, déjà mentionné à propos de Confucius, nous trouvons une version légèrement différente :

– J'ai entendu dire que l'homme riche et puissant reconduit les gens en leur donnant des richesses, que l'homme bon les reconduit en leur donnant des paroles. Je ne saurais être riche ni puissant ; mais je prends furtivement le titre d'homme bon et je vous reconduirai en vous disant ces paroles : Celui qui est intelligent et profond observateur est près de sa mort, car il critique les hommes avec justesse ; celui dont l'esprit est savant et vaste met en péril sa personne, car il dévoile les défauts des autres. Celui qui est fils ne peut pas se posséder ; celui qui est sujet ne peut pas se posséder.

Quand Confucius sortit de l'entrevue, il ne put d'abord pas parler ; puis il confia à Nan-kong King-chou :

– Je sais que l'oiseau vole, que le poisson nage, que les bêtes marchent ; mais les bêtes, on peut les prendre au filet ; les poissons à la ligne ; les oiseaux à la flèche munie d'un fil. Quant au dragon, je ne sais rien, si ce n'est qu'il monte au Ciel porté par les nuages et le vent. Aujourd'hui, j'ai vu Lao-tseu. Il est comme le dragon.

L'entrevue entre Confucius et Lao-tseu est mentionnée à cinq reprises au moins dans le *Tchouang-tseu*, avec quelques variantes : par exemple, Confucius avait été à Loyi pour déposer ses manuscrits à la bibliothèque royale, et son compagnon de voyage était Tseu-Lou ; ou bien il était allé vers le sud, à l'âge de cinquante et un ans ; une autre fois, Lao-tseu était dans l'état cataleptique bien connu des chamans et des taoïstes, état dit de « voyage spirituel ».

Dans tous les cas, l'histoire était fort connue au temps des Han, dans les deux siècles avant notre ère, c'est-à-dire au temps de Sseu-ma Ts'ien. On la trouve, en effet, gravée dans la pierre [3].

Dans un des bas-reliefs on voit Confucius et Lao-tseu et, faisant face au premier, dans le même sens que le second, un enfant tenant un balai ou, selon M. Michel Soymié, une roue au bout d'un manche, c'est-à-dire le symbole d'une voiture (cf. *Journal Asiatique*, 1954, fasc. 3-4). Cet enfant prodige, c'est Hiang T'o. On a pensé qu'il n'était rien d'autre que Lao-tseu lui-même, la sagesse prenant la double figure antithétique du vieillard et de l'enfant. Il est le *puer senex* bien connu de la littérature latine.

Confucius le rencontra, on ne sait à quelle époque, au cours d'un voyage qu'on situe tantôt à l'est, au pied du mont King, tantôt à l'ouest, à Ts'in. Hiang T'o, solitaire au milieu des enfants qui jouaient, construisait au bord du chemin une citadelle en miniature.

– Pourquoi ne t'écartes-tu pas devant mon char, lui demanda Confucius ?

– J'ai toujours entendu dire, répondit le petit garçon, que ce sont les chars qui contournent les villes et non les villes qui s'écartent devant les chars.

Confucius descendit de voiture.

– Comment se fait-il que, si jeune, tu aies tant d'astuce ?

– Trois jours après sa naissance, répliqua Hiang T'o, un enfant distingue entre son père et sa mère ; trois jours après sa naissance, un lièvre court à travers champs ; trois jours après sa naissance, le poisson nage par fleuves et lacs. C'est naturel. Y a-t-il là de l'astuce ?

Confucius demanda le nom et le surnom de l'enfant, le lieu de son habitation, et celui-ci les lui dit. Mais dans une version ancienne, l'enfant déclara qu'il n'avait pas de nom et habitait la maison du vent. Confucius lui proposa :

– Je voudrais me promener avec toi, qu'en penses-tu ?

– J'ai à la maison, dit Hiang T'o, un père auguste que je dois servir, une tendre mère que je dois nourrir, un sage frère aîné dont je dois suivre les conseils, un faible frère cadet que je dois instruire, un maître éclairé sous la direction duquel j'étudie. Comment trouverais-je le loisir d'aller me promener avec vous ?

– Nous allons niveler le monde, veux-tu ?

– Il ne convient pas de niveler le monde. D'un côté il y a de hautes montagnes, de l'autre les fleuves et les lacs ; d'un côté les princes, de l'autre les esclaves. Si nous nivelions les montagnes, les oiseaux n'auraient plus de gîte ; si nous comblions les fleuves et les lacs, les poissons n'auraient plus de refuge. En chassant les princes, le peuple discutera indéfiniment pour savoir où est le bien et le mal. En supprimant les esclaves, à qui commanderaient les gens de bien ? Le monde est si vaste. Comment peut-on le niveler ?

Confucius posa alors au petit garçon une série de devinettes. Puis Hiang T'o lui en posa à son tour. Enfin, ce dernier demanda à Confucius :

– Combien y a-t-il d'étoiles dans le ciel ?

– Parlons, dit Confucius, des choses que nous avons devant les yeux.

– Combien y a-t-il de poils sur vos sourcils ?

Confucius sourit sans répondre. Se tournant vers ses disciples, il leur dit :

– Les jeunes sont à craindre. Comment peut-on savoir que les générations à venir ne vaudront pas celles d'aujourd'hui ?

Dans une autre version, il aurait dit : « Les garçons précoces ne feront pas grand-chose plus tard. » La première phrase est une citation du *Louen yu* (IX, 22), utilisée dans un contexte particulier, qui en modifie le sens, le propos de Confucius étant rapporté dans l'ouvrage cité sans indication de circonstances.

Nous avons réduit l'histoire de la rencontre de Hiang T'o avec Confucius à l'essentiel, et en suivant la version moderne, très répandue, destinée aux enfants chinois, mais que lisent aussi les grandes personnes. On en possède de plus longues et plus compliquées, en chinois, en mongol, en japonais, en siamois, en vietnamien. La fin de l'entrevue montre clairement une critique de l'idée confucéenne du *juste milieu* : Confucius ne connaissait ni ce qui est lointain, ni ce qui est proche. On voit aussi une allusion à sa vie pérégrinante, à son vain désir de réformer et de pacifier le monde ; *p'ing* a le sens de *niveler* et de *pacifier*. Mais la critique en est faite peut-être d'une manière ironique, au nom de l'idée confucéenne de la famille.

D'ailleurs, il y a imprégnation réciproque entre les deux grandes écoles chinoises, et l'histoire de Hiang T'o, dès les Han, circulait dans les milieux confucéens. Les deux écoles semblent puiser dans le même milieu folklorique. Non seulement le sens de tout humanisme est de s'ouvrir à tout ce qui est humain, mais le syncrétisme chinois tend constamment à abolir les frontières doctrinales ; et au cours des âges les deux écoles semblent représenter des attitudes complémentaires plutôt qu'hostiles.

## La politique à Lou : les usurpations des grands

Confucius revint à Lou, au cours de l'année même qu'il l'avait quitté. Il était maintenant comme un *hadj*, un musulman qui a été à La Mecque. Son prestige grandissait et le nombre de ses disciples monta, semble-t-il, jusqu'à trois mille, chiffre certainement exagéré, « arrondi » en fonction d'idées mystiques sur les nombres.

Depuis longtemps, la situation de Lou, comme celle des petits états centraux de la Confédération chinoise, était tragique. Le monde chinois était alors partagé entre deux coalitions opposées : une Ligue du Nord, dirigée par l'état de Tsin et une Ligue du Sud, dirigée par l'état de Tch'ou. Situé à la frontière des deux blocs, mais faisant partie de la première ligue, Lou risquait constamment de déplaire à l'un ou à l'autre. Mais encore, il devait se garder contre un troisième grand sur le déclin, Ts'i, son voisin immédiat au nord. Sans parler d'un autre grand, Ts'in, au lointain ouest, qui se révélera être le troisième larron de la fable, quelques siècles plus tard.

De même que les « trois familles » semblaient être les protégées de l'état de Ts'in, le duc de Lou semblait l'être de Ts'i. C'était dire la condition de satellite de Lou. Le duc Tchao fut, en outre, l'objet de vexations nombreuses de la part des grands états. En 539 A.C., il allait en hommage à Tsin. Lorsqu'il atteignit les rives du fleuve Jaune, le duc P'ing de Tsin déclina sa visite et le renvoya cavalièrement. Tout le pays de Lou se couvrit le visage de honte. Mais en 527 A.C., il fut retenu contre sa volonté à Tsin. De Ts'in, dans le *far-west* du Chensi, il subit également des affronts multiples. En 534 A.C., son voisin du sud, le roi Ling de Tch'ou donna une fête à l'occasion de l'achèvement de la terrasse de Tchang-hoa ; il fit présent au duc Tchao d'un objet précieux, puis regretta sa générosité et reprit l'objet par ruse.

La situation intérieure de Lou était également confuse et trouble. Le pouvoir appartenait à trois clans nobles, les « trois Houan », c'est-à-dire les trois descendants du duc Houan, que le *Louen yu* appelle les « trois familles ». C'étaient les Ki-suen, Chou-suen et Möng-suen ou simplement Ki, Chou, Möng. Le premier, Ki, était le plus puissant. Il disposait de la plus grande partie du territoire et avait sa base à Pi, à soixante-quinze kilomètres à l'est de la capitale, place d'armes redoutable. Le clan Chou avait installé leur base à soixante kilomètres de là, à l'ouest, et le clan Möng à vingt-deux kilomètres au nord, sur la frontière entre Ts'i et Lou. À eux trois, ils se partageaient tous les revenus de l'état. En 537 A.C., ils se partagèrent également la puissance militaire ; d'où la formation de l'armée en trois corps, au lieu de deux primitivement. De même, toutes les hautes charges leur revenaient héréditairement. De plus, en envoyant des présents aux clans dirigeants de Tsin, ils se faisaient protéger contre le duc par le leader de la coalition nordique.

Au grand scandale de Confucius, le chef du clan Ki s'arrogea les prérogatives de Fils du Ciel en sacrifiant au T'ai chan, la Montagne sainte, en se servant de l'hymne royal, réservé jusque-là aux rois de Tcheou, dans les cérémonies à son temple ancestral. Et alors que le duc, appauvri, dut renvoyer, en 517 A.C., le corps de ballet de son temple ancestral et que les musiciens qui jouaient à ses quatre repas quotidiens devaient émigrer à l'étranger, les Ki disposaient d'un corps de pantomimes de huit rangs, formant en tout soixante-quatre danseurs. (Les princes vassaux n'avaient droit qu'à six et les *tai fou*, grands officiers, – c'était leur cas – avaient droit à quatre.) Ces problèmes protocolaires nous paraissent dérisoires. Mais ils avaient une grande importance – et surtout pour Confucius – dans un milieu social où la fonction publique avait un sens religieux, où le roi était un roi-prêtre, où la distinction ne s'était pas faite entre kchattrya et brahmanes, c'est-à-dire entre guerriers et prêtres.

La crise éclata au neuvième mois de l'an 516 A.C., l'année qui suivit le retour de Confucius à Lou de son voyage de Loyi. À l'occasion d'un combat de coqs, une vive querelle opposa P'ing de Ki à Tchao-po du clan Heou. Le premier avait saupoudré de moutarde les ailes de son coq et le second avait armé de métal les ergots du sien. Le duc profita de cette circonstance pour rameuter les autres clans contre Ki et, avec l'aide des jeunes gens de ce milieu d'hommes d'armes, de chevaliers et de scribes errants qu'on voyait apparaître à l'époque, attaqua Ki par surprise. Assiégé, celui-ci monta sur une tour de sa forteresse et chercha à négocier. Il offrit des indemnités, de sortir de la cité pour aller vivre dans les faubourgs, de s'exiler dans ses terres avec cinq chars de ses biens. Le duc fut intraitable. En désespoir de cause, il s'adressa aux deux autres clans, en leur montrant que, s'il était détruit, le duc ne tarderait pas à se retourner contre eux. Chousuen vit le danger et opéra brusquement un renversement d'alliance. Sur ces entrefaites accoururent les troupes de Möng de leur base. Et le duc n'eut que le temps de s'enfuir à Ts'i.

## L'exil à Ts'i

Confucius, en bon légitimiste, ne pouvait moins faire que de suivre son prince en exil. Comme il était en route vers Ts'i, il rencontra au pied du mont T'ai une femme qui pleurait, en poussant des lamentations déchirantes, sur une tombe. Tseu-Lou alla voir de quoi il s'agissait :

– Le père de mon mari, dit la femme, a été dévoré par un tigre, puis mon mari, et maintenant, à son tour, mon fils connaît le même sort.

– Et pourquoi ne changez-vous pas de lieu d'habitation ? demanda Confucius.

– Il n'y a pas ici de gouvernement qui opprime le peuple.

Confucius fut très frappé par cette réponse :

– Voyez, mes disciples, un mauvais gouvernement est plus redoutable que le tigre.

Quand l'empire est en désordre, dira-t-on plus tard, faisant allusion à cette anecdote, même une femme ordinaire ne peut vivre tranquille. C'est dire que nulle part on ne peut s'abstraire des effets de la politique, ni dans un coin perdu de l'Empire de Chine, ni dans nos fragiles tours d'ivoire. C'était déjà une théorie de l'engagement.

Comme il approchait de Ts'i, qu'il était dans les faubourgs, Confucius remarqua un jeune garçon portant un pot. Il avait l'œil clair et marchait d'un pas assuré. Confucius, faisant un morceau de chemin avec lui, s'aperçut qu'il avait aussi le cœur droit. Dans son enthousiasme, il ordonna à son cocher :

– Pressez les chevaux ! Pressez les chevaux ! La musique *chao* se manifeste déjà.

C'était cette musique qu'on croyait venir du sage souverain Chouen et dont l'usage se serait fidèlement conservé à Ts'i. Pendant trois mois, Confucius l'étudia avec une pieuse ardeur, au point de ne plus percevoir la saveur des mets.

– Je n'aurais pas cru, dit-il, que l'auteur de ces chants eût atteint à une telle perfection.

La fidélité à son prince était une vertu très appréciée dans le milieu féodal, même si elle était peu pratiquée, car la féodalité était fondée sur elle. De plus, le duc King de Ts'i se trouvait dans son pays en face de problèmes semblables à ceux que connaissait son collègue de Lou : la lutte contre les clans oligarchiques. Ceux-ci étaient au nombre de trois : les Ts'ouei, les Tch'eng et les T'ien, ces derniers des nouveaux venus dans le pouvoir et la fortune. Trente ans avant l'arrivée de Confucius dans ce pays, en 548 A.C., Ts'ouei avait poussé l'audace jusqu'à tuer le duc Tchouang qui avait entretenu des relations illicites avec sa femme. Les deux clans de Tch'eng et de Ts'ouei se partageaient héréditairement les postes de Ministre de la droite et Ministre de la gauche du Trône. Mais un conflit éclata entre eux, qui élimina complètement les Ts'ouei et laissa les Tch'eng seuls détenteurs du pouvoir. Puis, ceux-ci, corrompus par le pouvoir, cédèrent la place aux T'ien, dont les ancêtres récents n'étaient même pas originaires du pays. Ils surent ne pas se montrer au-devant de la scène. Yen Ying, le populaire Premier ministre, était justement leur homme. C'était un homme venu de la côte, un des « sages conseillers », un homme venu de nulle part dans le monde de l'époque, assez semblable à Confucius. La politique des ducs fait penser à celle d'Henri IV contre les grands féodaux ou à celle de Louis XIV qui s'alliait avec la bourgeoisie.

Cette situation explique sans doute que Confucius eut la faveur de nombreux entretiens avec le duc de Ts'i. Consulté par ce dernier sur l'art de gouverner, il répondit :

– Que le prince agisse en prince, le sujet en sujet, le père en père, le fils en fils. (L. Y. XII, 11.)

C'était blâmer les usurpations de l'époque. Le duc approuva et dit assez naïvement que s'il en était autrement, même l'abondance générale ne lui servirait à rien. En une autre circonstance, il précisera sa pensée, en justifiant une conception légitimiste de l'ordre social, c'est-à-dire une utopie conservatrice, en observant que si l'impulsion première du pouvoir passait des mains légitimes du roi (de Tcheou), à celles des vassaux, puis de celles-ci aux clans nobles, en ce qui concerne les matières essentielles : les rites, la musique et la guerre, le pouvoir ne durerait pas longtemps (pour les usurpateurs), dix générations dans un cas, quelques années dans un autre (L. Y. XVI, 2). Cette observation a dû être faite par lui après que le clan Ki, ayant chassé le duc de Lou, fut lui-même renversé par un de ses officiers, Yang Hou, quelques années plus tard, en 505 A.C. Lorsque, répondant à Tseu Lou, qui lui demandait ce qu'il ferait si le prince de Wei lui confiait le pouvoir, il dit : « Rectifier les noms » (L. Y. XIII, 3), il ne faut pas traduire : « Rectifier les concepts », en y voyant une conception philosophique, mais simplement y voir l'expression de cette même utopie conservatrice d'un ordre féodal idéalisé.

En une autre circonstance, nous voyons Confucius conseiller au duc l'économie, « d'user avec modération des richesses ». C'était sans doute une réaction d'un homme venu d'un pays pauvre contre le luxe qui prévalait à Lin-tso, la capitale de Ts'i, d'un état qui détint l'hégémonie du monde chinois dans la première partie du siècle précédent (ca 679 A.C.), qui a accumulé des richesses, qui possédait mille attelages de quatre chevaux et a depuis toujours favorisé le commerce du sel et des poissons. Dans l'école confucéenne, on se méfiera plutôt du commerce, et on le verra mis au dernier rang des activités, après l'agriculture et l'artisanat.

Le duc King voulut donner en apanage à Confucius les terres de Ni-k'ieou. Déjà, à son arrivée à Ts'i, ce dernier s'était vu offrir la cité de Lin-k'ieou. Mais il estimait alors que, n'ayant pas encore rendu de service au duc, il ne lui convenait pas d'accepter : en réalité, il cherchait un emploi où exercer ses talents et non une subsistance. Cette fois, ce fut le Premier ministre, le Ministre de Ts'i, Yen Ying, qui s'opposa. Le légitimisme de Confucius ne plaisait pas à tout le monde, surtout aux grands officiers. Il faut reconnaître cependant que le portrait que fit Yen Ying de Confucius, bien que caricatural, faisait singulièrement « ressemblant ».

– Les *jou* (scribes, lettrés) sont des sophistes qu'on ne peut prendre pour modèles et pour norme. Arrogants et ne suivant que leurs propres opinions, on ne saurait leur faire diriger le peuple. Attachant une grande importance aux cérémonies du deuil, ils se livrent à l'affliction et ruinent des fortunes en somptueuses funérailles : on ne saurait leur faire diriger les mœurs. Discoureurs qui vont de lieu en lieu pour demander à emprunter, on ne saurait leur faire diriger l'État. Après l'apparition des grands sages, quand la maison de Tcheou entra en décadence, les rites et la musique devinrent défectueux et connurent des lacunes. Aussi Confucius multiplie-t-il les formes extérieures et les belles apparences ; il complique les rites pour monter et descendre, les règles pour marcher rapidement et pour marcher les bras étendus. Plusieurs vies ne suffiraient pour épuiser les études qu'il prescrit ; en y employant des années, on ne parviendrait pas à examiner à fond les rites. Si vous désirez, prince, l'employer afin de réformer les mœurs de Ts'i, ce ne sera point là le moyen de mettre au premier rang de vos préoccupations le bien du peuple.

Après cela, le duc King dit à ses ministres, juste avant de recevoir Confucius :

– Je ne puis le traiter comme on traiterait Ki *(le chef du puissant clan de Lou).* Je le traiterai d'une manière intermédiaire entre Ki et Möng.

C'était déjà assigner à Confucius un rang considérable, celui de *tai-fou.* Puis, sentant peut-être la résistance des grands, il ajouta :

– Je suis vieux. Je ne pourrais mettre sa doctrine en pratique.

Confucius comprit qu'il était temps de partir. Il partit déçu.

– Par une réforme, dit-il, Ts'i atteindrait au niveau de Lou ; mais Lou, par une réforme, serait dans la voie (L. Y. VI, 22).

En quelle année eut lieu son retour à Lou ? Était-ce en 515 ou 514 A.C., deux ans après son arrivée à Ts'i ? Ou bien en 509 A.C., l'année où le duc Tchao de Lou mourut en exil, dans une petite cité-frontière de Ts'i ? De toute façon, on n'entendit guère beaucoup parler de Confucius pendant de longues années, et on l'imagine occupé à l'étude et à mettre en ordre les ouvrages de l'antiquité, les *Odes* et les *Documents*, dont il faisait l'objet de son enseignement.

## Rebelles contre usurpateurs

La mort du duc Tchao mit fin à l'interrègne des « trois familles », et le trône de Lou échut au duc Ting. C'est durant cet interrègne, où elles étaient au plus haut de leur puissance, qu'elles semèrent le germe de leur ruine. D'abord une usurpation en amène une autre, et il était bien possible que l'idée de légitimité, attachée à la personne d'un prince en exil, eût eu de quoi émouvoir les cœurs.

Déjà en 530 A.C., Nan K'ouai, un officier du clan Ki, commandant de la base de Pi, à la suite d'une vexation insignifiante, s'était révolté contre P'ing de Ki et avait voulu remettre l'importante place forte aux mains de la maison ducale. Ç'aurait été détruire la puissance des Ki à sa source.

En 505 A.C., le chef du clan Ki, P'ing ou appelé P'ing-tse par manière de déférence, mourut, et Houan lui succéda. À propos d'une affaire en apparence insignifiante, de savoir s'il fallait enterrer ou non avec P'ing les bijoux de la maison ducale, dont ce dernier s'était abusivement servi durant l'interrègne – Yang Hou était partisan de les enterrer – une dispute éclata au sein du clan, entre deux factions. Yang Hou, une sorte de maire du palais des Ki, se saisit de tous les chefs du clan, y compris Houan, les amena à une esplanade à la porte méridionale de la capitale et les contraignit à jurer d'accepter l'expulsion du clan de l'un de ses membres les plus populaires, Kong-fou Wen-po.

Le succès l'enhardit, et en 501 A.C., prétextant des sacrifices à l'ancêtre de la maison ducale, il convoqua Houan-tse à la cérémonie, dans le dessein de le sacrifier – de le tuer – dans la cour du temple ancestral. Le jour précédent, il avait mobilisé toute la charrerie du pays. C'est ce qui mit en garde le chef du clan Möng. Un cousin de Yang Hou fut chargé d'amener Houan-tse à la cérémonie. Mais en cours de route, Houan réussit à séduire le cocher qui accepta de fuir à toute allure vers la demeure des Möng. Une bataille confuse éclata qui fut décidée par l'arrivée d'une force des Möng de leur base de Tch'eng. Yang Hou n'eut que le temps de s'enfuir, en emportant à Ts'i « les bijoux de la couronne » et l'arc ducal, insigne du pouvoir, don du roi de Tcheou au premier fondateur de la principauté.

Dans cette affaire, on a l'impression que Yang Hou avait cherché à utiliser en sa faveur le mythe légitimiste, en sacrifiant Houan aux ancêtres de la maison ducale. Pour la même raison sans doute, avait-il cherché à obtenir la caution de Confucius dont la position de légitimiste s'était certainement affermie après son exil volontaire à

Ts'i, et par son attitude de prudence et de réserve pendant toutes ces années.

L'affaire remonte à quelque temps avant la fuite de Yang Hou. Confucius n'étant pas allé le voir, il voulut le forcer à le faire. Pour cela, il lui envoya comme présent un jeune cochon. Confucius choisit le moment où Yang Hou n'était pas chez lui pour lui faire une visite de remerciement. Malheureusement il rencontra Yang Hou en chemin.

– J'ai à vous parler, lui dit ce dernier.

– Celui qui tient son trésor caché et laisse son pays dans le trouble, mérite-t-il d'être appelé bienfaisant, *jen ?*

– Non, répondit Confucius.

Yang Hou reprit :

– Celui qui s'intéresse aux affaires publiques et laisse passer les occasions de les gérer, mérite-t-il d'être appelé prudent ?

– Les jours et les mois passent, continua Yang Hou ; les années ne nous attendent pas.

– Bien, je prendrai une fonction.

Le chapitre du *Louen yu* (XVII, 1), qui mentionne cette anecdote, donne le nom de Yang *Houo*. Mais il s'agit très évidemment du même personnage que le nôtre. Bien qu'en pure morale légitimiste, Yang Hou ne doive la fidélité qu'au duc, le cours des choses, depuis au moins le milieu de la période de *Printemps et Automne* tendait à assimiler la relation entre client et patron à celle qui existait entre sujet et prince et entre vassal et suzerain. Se révoltant contre les Ki, Yang Hou devait naturellement en appeler à la légitimité ducale. Il cherchait un alibi que Confucius semblait pouvoir lui fournir. Ils avaient tous les deux un point de commun, c'était d'être contre le pouvoir oligarchique usurpateur des *tai fou*. En outre, le pouvoir dans les périodes instables cherche volontiers à recruter parmi les hommes nouveaux, qu'entoure déjà une certaine réputation, surtout lorsque cet homme est un des représentants de cette classe de petits nobles sans fortune, de chevaliers, d'hommes d'armes, de scribes lettrés, les *che*, qui semblaient alors émerger avec force dans l'histoire. Quant à Confucius, sans vouloir heurter de front Yang Hou, il évitait visiblement de compromettre sa cause avec un soldat de fortune.

De l'anecdote précédente, il n'est nullement possible de conclure, comme on l'a fait (cf. H. Maspéro, *La Chine Antique*, 1955, p. 377), que Confucius avait effectivement été au service de Yang Hou. Néanmoins, si Confucius ne l'avait pas été, cela veut dire qu'il n'avait non plus tenu sa promesse à l'égard de Yang Hou. On comprend que l'anecdote fût embarrassante pour le commentateur orthodoxe du *Louen yu*, qui laisse entendre que Confucius était simplement disposé à exercer un emploi, avec la réserve : lorsque le temps convenable serait venu. Mais nous ne sommes pas forcés de partager les scrupules du commentateur, et nous savons bien qu'une situation révolutionnaire est forcément très fluide. Du reste, Confucius n'était pas l'homme rigide qu'on s'imagine. Dans une circonstance, s'étant fait arracher une promesse par la violence, il déclara après que « les dieux ne l'avaient pas entendue ».

D'ailleurs, aussitôt après la fuite de Yang Hou, la même aventure se répéta pour Confucius avec Kong-chan Fou-jao (ou Kong-chan Pou-nieou), l'un des alliés de Yang Hou, et qui, malgré l'échec de ce dernier, avait continué de garder l'importante place de Pi, la base familiale des Ki. Lui aussi fit appel à Confucius et, là encore, on reconnut chez celui-ci une hésitation. Il était sur le point de se rendre à l'invitation de Kong-chan (L. Y. XVII, 5). Mais alors le brave Tseu-Lou fut indigné :

– Il ne faut aller nulle part. Qu'avons-nous à aller chez Kong-chan ?

– Celui qui m'a appelé, répondit Confucius, l'a-t-il fait sans dessein ? Si je suis employé, je suis capable de créer un royaume de Tcheou oriental.

Nous ne saurons jamais la raison réelle de l'intention de

Confucius. Dans une situation trouble, le devoir n'est jamais très clair. Sans doute, nourrissait-il toujours le désir de restaurer l'autorité légitime des Tcheou et des princes de Lou, et peut-être, dans la situation désespérée de Lou, Kong-chan, de sa place imprenable de Pi, lui paraissait-il être l'homme qui pouvait réaliser son dessein. On a pensé aussi qu'il se sentait un peu compromis avec Yang Hou. Finalement Confucius ne partit pas.

Il avait alors cinquante ans, l'âge qui vous conférait en Chine automatiquement une sorte d'aînesse, le rang d'*ai*, vétéran (à quarante ans, il était classé dans la catégorie des *tch'ang*, des hommes forts et formés, et comme tel qualifié pour les charges). C'était peut-être aussi l'âge où le désir d'agir et de réaliser devenait plus pressant et plus impatient.

D'ailleurs, plusieurs années plus tard, vers 493 A.C., au cours de sa vie pérégrinante, Confucius fut sujet à la même tentation. Nous anticipons ici sur les événements, parce que l'affaire éclaire assez bien son intention et peut-être même son cœur.

Pi Hi, commandant de la place de Tchong-meou, s'était, lui aussi, – et le fait devenait de plus en plus fréquent à l'époque – révolté contre les *tai fou* de l'état de Tsin, les clans de Fan et de Tchong-hang. Il manda auprès de lui Confucius. Celui-ci s'apprêtait à se rendre à l'invitation. Encore une fois, Tseu-Lou s'opposa :

– Maître, je vous ai entendu dire, autrefois, que le sage gentilhomme ne s'associe pas avec celui qui est engagé dans une entreprise coupable. Pi Hi est un rebelle, et vous voulez aller le voir. Qu'est-ce que cela signifie ?

– En effet, j'ai dit cela. Mais ne dit-on pas aussi que ce qui est dur ne peut être usé par le frottement, que ce qui est blanc ne peut être noirci par la peinture ? Suis-je comme une courge amère qu'on suspend sans manger ? (L. Y. XVII, 7.)

## Le passage au pouvoir

Revenons vers la date de 500 A.C., après la fuite de Yang Hou. La paix revint à Lou, mais fort précaire. Les clans oligarchiques s'étaient vus au bord du désastre et ils avaient certainement dû négocier avec Kong-chan Fou-jao, qu'on verra reparaître dans une autre circonstance. Le duc avait pu regagner quelque autorité. Et peut-être était-il alors plus libre d'employer Confucius, qui semblait avoir réussi à se tenir à l'écart des événements. Il est hors de doute que Confucius, déjà depuis quelque temps – et nous le voyons par les exemples précédents – était un homme recherché ; en partie à cause de son légitimisme, en partie à cause de sa réputation de science et de sagesse.

En 501 A.C., le duc Ting le nomma au poste de gouverneur de Tchong-tou. La description qui est faite de son gouvernement, par le *Kia yu*, fait penser à celle d'un âge d'or des souverains primitifs. Il régla la nourriture, donnée aux vieux et aux jeunes, les charges à porter par les uns et les autres, les mesures, la séparation des sexes dans les rues, les cérémonies mortuaires, etc. Il est interdit d'élever des tertres et des arbres sur les tombes, pour se conformer aux Anciens et réaliser son utopie passéiste. Les objets qui tombaient dans la rue, dit-on, n'étaient plus ramassés par les passants.

Au bout d'un an, le duc demanda à Confucius si la méthode de gouvernement qui avait réussi à Tchong-tou pouvait être appliquée avec le même succès à l'ensemble du pays. Sur sa réponse affirmative, le duc lui confia l'Intendance des Travaux Publics, puis, peu de temps après, la charge de Ministre de la Justice.

Au printemps de 499 A.C., Confucius eut l'occasion d'exercer ses talents sur le terrain diplomatique. Ce fut à une conférence de paix entre Ts'i et Lou, qui eut lieu à Kia-Kou. Il y participait au titre de maître de cérémonie.

En face de lui, se trouvait Yen Ying, le Premier ministre de Ts'i qui, naguère, on s'en souvient, s'était déjà opposé à lui. Yen Ying était un nain, mais un homme d'état célèbre. Il avait pour Confucius le sentiment qu'un homme d'action, dirigeant les affaires d'un grand état, pouvait concevoir pour un homme qu'il jugeait embarrassé des cérémonies et d'apparence craintive. Ts'i s'était récemment emparé de territoires appartenant à Lou. Il voulait faire à Kia-Kou une démonstration de force pour impressionner le duc. Au besoin, il le retiendrait prisonnier. Comme il s'agissait d'une conférence de paix, ce dernier s'apprêtait à s'y rendre sans appareil guerrier, dans des chars ordinaires. Mais Confucius l'arrêta :

– Votre sujet a entendu dire, représenta-t-il au duc Ting, que lorsqu'il y a une affaire pacifique, on doit faire des préparatifs de guerre, et lorsqu'il y a une affaire de guerre, on doit faire des préparatifs de paix... Amenez avec vous vos maréchaux de la droite et de la gauche.

Après le salut, les deux princes montèrent sur une esplanade à laquelle on accédait par trois marches. Au moment où ils procédaient à l'offrande réciproque de la boisson, un officier de Ts'i s'avança et exécuta la musique des *Quatre Points Cardinaux*. Aussitôt guidons de plume et de poil, piques, hallebardes, épées et boucliers surgirent de partout, au bruit du tambour et de vociférations effroyables poussées par une bande d'aborigènes étrangement costumés que Ts'i avait fait venir de la région côtière de ce pays.

Confucius gravit prestement les marches, sauf la dernière, et leva ses manches en l'air :

– Nos princes tiennent une réunion amicale. Que vient faire ici la musique des barbares ? Ce n'est pas ainsi que Ts'i pourrait commander aux princes du Royaume Fleuri. Cette conduite en face des dieux ne peut qu'attirer des malheurs.

Tous les regards se tournèrent vers le duc de Ts'i, devant cette action inopinée du maître des cérémonies de Lou. Le duc King eut honte et fit signe avec son drapeau qu'on fît cesser la danse barbare.

Mais, à ce moment-là, probablement selon un plan préétabli, un officier de Ts'i fit jouer la musique du *Palais Intérieur*. Aussitôt surgirent des bouffons, des nains, des clowns, des chanteurs aux allures grotesques.

Confucius refit le même geste qu'avant et déclara :

– Quand des êtres vils troublent une conférence des seigneurs, ils méritent d'être châtiés. Qu'on se saisisse d'eux et qu'on les punisse selon les règlements !

La punition par personne interposée n'était pas rare à l'époque. C'était, en fait, une menace au duc de Ts'i lui-même. Celui-ci vit que son stratagème était percé à jour, que certainement Lou avait fait des préparatifs de guerre et eut peur. La démonstration de force tournait contre lui.

Finalement, Lou accepta de fournir trois cents chars de guerre aux expéditions commandées par Ts'i. Par contre, ce dernier consentit à rendre à Lou les territoires qu'il lui avait pris. Sur le conseil d'un fonctionnaire, qui estimait qu'un être noble ne doit pas comme le commun s'excuser simplement par des paroles, le duc King de Ts'i voulait faire un geste réel en rendant à Lou les territoires indûment annexés.

De nombreux critiques ont mis en doute les faits précédents. Cependant, ils correspondent bien à l'esprit de la Chine du temps, encore sensible aux prestiges rituels, liés au fond aux comportements magiques. La description plus ou moins conventionnelle du gouvernement de Confucius à Tchong-tou non plus ne prouve rien contre elle. Le langage chinois, qui n'est pas analytique, n'est pas davantage descriptif. Il procède d'une manière allusive, par des allusions à des précédents historiques, et use volontiers de formules stéréotypées, de « centons », remarque Marcel Granet. Si ces faits sont ou non exacts, seule une critique des textes, fondée sur l'étude de la langue et du style, peut permettre de conclure d'une manière décisive.

On a argué (cf. Maspéro) aussi que, les charges d'intendant des Travaux publics et de Ministre de la Justice appartenant héréditairement au clan de Möng, pour la première, et à celui de Tsang, pour la seconde, il est peu vraisemblable que Confucius les eût occupées. C'est ce qui fait dire à James Legge que Confucius était simplement assistant à ces charges. Mais on a vu, depuis la rébellion de Yang Hou et de Kong-chan Fou-jao, cinq ans avant, que la situation des clans oligarchiques n'était plus très sûre. Il était fort possible qu'avec le retour d'autorité du duc le légitimisme de Confucius lui eût créé une position avantageuse. Il me paraît donc raisonnable de suivre le récit traditionnel, qui a pour lui d'être admis par Sseu-ma Ts'ien. C'est la conclusion à laquelle est parvenu également le professeur japonais M. Shigeki Kaizuka dans un livre récent. La suite montrera dans tous les cas entre les événements une certaine logique et la fidélité de Confucius à sa ligne de conduite.

Ce serait après le succès de la conférence de Kia-Kou que Confucius put jouer un rôle déterminant à la cour de Lou. Pour ébranler la puissance des clans nobles, il fit sortir Lou de la coalition nordique et adopta une position que nous appellerions aujourd'hui neutraliste. On sait que Tsin, le leader de la coalition, les protégeait.

Poursuivant le même dessein, il persuada les « Trois familles » de démolir les places fortes de Pi, de Heou, de Tch'eng, d'où leur venait leur puissance et d'où leurs troupes pouvaient, à chaque moment, investir la capitale. C'étaient visiblement, à l'origine, des postes créés pour la garde des frontières. Mais, comme toujours dans l'histoire chinoise, la périphérie finit par peser sur le centre. Après la révolte du commandant de Pi, qui s'y conduisait en seigneur indépendant, comme les « seigneurs de la guerre » de la Chine contemporaine, les chefs des trois clans étaient plus disposés à accueillir la proposition de Confucius.

L'entreprise de démolition fut confiée à Tseu-Lou, qui entra à ce moment avec Jen Yeou au service des Ki. L'affaire débuta assez bien. Les Chou-suen démantelèrent eux-mêmes leur base de Heou. Mais lorsque les premières murailles de Pi commençaient à être abattues, la population de la région, sous l'impulsion de ce même Kong-chan Fou-jao que nous avons déjà vu – et c'est la preuve qu'il y était bien comme un seigneur indépendant – et de Chou-suen Tche, se souleva et marcha sur la capitale. Le duc Ting et les chefs des trois clans durent se réfugier sur un belvédère. Finalement, les rebelles furent battus à Kou-mie et Kong-chan Fou-jao dut prendre le chemin bien connu de la fuite à Ts'i.

Puis le clan de Möng refusa à son tour de détruire la base de Tch'eng, arguant qu'elle était nécessaire pour défendre la frontière septentrionale contre une éventuelle invasion de Ts'i. Et le duc dut conduire contre eux une expédition. Mais celle-ci échoua.

Vers ce temps-là, Ts'i, nous dit-on, inquiet des progrès de Lou, sous la direction de Confucius, voulut détourner l'esprit des dirigeants de ce dernier pays du devoir. À cet effet, il lui envoya en guise de présents une troupe de quatre-vingts danseuses et de musiciennes d'une grande beauté et trente quadriges de chevaux superbes. Lorsque ces merveilles arrivèrent à la porte de la capitale, elles provoquèrent un tel intérêt que Houan-tse de Ki se déguisa pour aller les voir en cachette. Le duc pendant trois jours délaissa les affaires de l'État. Tseu Lou pressa alors Confucius de quitter sa fonction. Mais celui-ci attendit encore quelque temps, jusqu'au sacrifice *kiao*, le sacrifice au Ciel. Comme le duc accomplit négligemment des devoirs rituels aussi importants, Confucius se décida à partir.

Il est probable que cette anecdote moralisante cache des faits politiques plus sérieux. L'équilibre interne d'un état féodal est perpétuellement changeant. Il a pu changer après la démolition de Heou et encore après la fuite et l'élimination de Kong-chan Fou-jao, le commandant plus ou moins indépendant de Pi. À ce moment-là de nouveau les Ki furent maîtres de leur base traditionnelle. Ils n'avaient plus le même intérêt à favoriser la politique de Confucius, lequel devint alors le gêneur.

## Les années pérégrinantes

Confucius partit à regret, suivi de ses disciples. Nous étions en 497 ou 496 A.C. Il avait vers cinquante-six ans. Par une sorte de symbolisme rituel, que nous remarquons en d'autres circonstances, il quitta avec lenteur la terre de sa patrie. Il devait partir pour une existence errante de treize années. Il exhala sa mélancolie :

*De loin je regarde la terre de Lou,*
*La montagne Kouei la cache à ma vue.*
*De ma main je n'ai pas de hache ;*
*Que puis-je contre la montagne Kouei ?*

Ces vers sont-ils de Confucius ? Cela n'est pas certain. Mais la montagne en question était certainement une allusion à Houan de Ki.

Il alla d'abord en direction de l'état voisin de Wei. À Y, la cité-frontière, le fonctionnaire préposé à la garde de la cité demanda à être introduit. Il remarqua la tristesse des disciples.

– Pourquoi, leur dit-il en sortant, vous affligez-vous de ce que votre maître ait perdu sa charge ? Il y a longtemps que le monde est sorti de sa voie. Le Ciel se sert de votre maître comme d'une cloche à battant de bois pour avertir le peuple (L. Y. III, 24).

On pense au mot de Hamlet : « Le monde est sorti de ses gonds », *out of joint*.

En arrivant à Wei, il logea d'abord chez un frère aîné de la femme de Tseu Lou, Yen Tchou-yeou. Il faut croire que sa réputation était fortement établie. Car il était dans l'ensemble bien accueilli par les princes. Mais il l'était moins des *tai fou*. Sans doute son légitimisme les inquiétait. Le duc Ling de Wei fut généreux. Il demanda à Confucius quels étaient ses émoluments à Lou. Il lui accorda la même pension : soixante mille mesures de grain. Au bout d'un an environ, se sentant surveillé et redoutant quelque intrigue des grands, il quitta Wei pour Tch'en, état situé dans le sud de l'actuel Honan.

En cours de route, il s'arrêta à K'ouang, près de l'actuel Kaifong, à l'angle où le fleuve Jaune tourne à l'est. Devant les murs de ce bourg, son cocher eut un mot malheureux :

– Autrefois, je suis passé par cette brèche.

Les gens du pays crurent avoir affaire à des troupes qui avaient naguère assiégé la cité. Confucius, au surplus, était pris pour Yang Hou qui avait commis des atrocités. Les gens de K'ouang voulurent leur faire un mauvais parti. Tseu Lou voulut se battre, mais Confucius prêcha le calme, en se mettant à jouer de son luth. Devant l'inquiétude de ses disciples, il exprima, à cette occasion, pour la première fois, le sentiment de sa mission :

– Après que le roi Wen eut disparu, sa doctrine ne m'a-t-elle pas été confiée ? Le Ciel ne m'en aurait pas fait l'héritier, s'il avait voulu la faire disparaître de la surface de la terre. Et s'il ne le veut pas, que me peuvent faire les gens de K'ouang ? (L. Y. IX, 5.)

Ce fut, à cette heure du péril, que son disciple préféré, Yen Yuen, ou Yen Houei, resté en arrière, arriva en retard. En le revoyant, après tant d'alarmes, Confucius s'écria :

– Je vous croyais mort !

Yen Yuen eut une parole de touchant attachement :

– Ô maître, tant que vous vivrez, comment oserai-je mourir ?

Confucius sembla abandonner son voyage de Tch'en et retourna à Wei. Il logea chez le *tai fou* Kiu Po-yu, homme qu'on nous présente (L. Y. XIV, 26), comme d'une grande modestie, malgré l'importance de sa situation. Nous étions alors en 495 A.C.

À la cour de Wei vivait une favorite du duc, originaire de Song, la princesse Nan-tse. Elle était célèbre par sa dépravation et la rumeur courait même qu'elle se livrait à l'inceste. Elle exprima le désir de voir Confucius :

– Les sages des quatre points cardinaux qui n'ont pas eu honte de désirer entretenir des relations fraternelles avec notre prince n'ont pas manqué de faire visite à moi, humble princesse.

Confucius dut déférer à son désir, après mainte hésitation. Il se prosterna devant un rideau derrière lequel se tenait la princesse. Elle répondit à son salut plusieurs fois, et il pouvait entendre les pendeloques de sa ceinture tinter. Elle le fit selon les rites, reconnut Confucius. Mais Tseu Lou fut quand même indigné et mécontent de voir que son maître avait accepté de voir une femme de mauvaise réputation. À cette occasion, Confucius ne put que faire appel au Ciel :

– Si j'ai mal fait, que le Ciel me rejette ! que le Ciel me rejette !

Un peu plus tard, il fut invité par le duc Ling à l'accompagner en promenade. Le duc Ling était avec la belle Nan-tse dans la voiture d'avant, Confucius dans celle qui suivait derrière. La population cria :

– Voilà que la vertu court après la beauté.

Confucius en eut honte et soupira :

– Je n'ai pas encore rencontré un homme qui aimât la vertu autant que l'éclat extérieur (L. Y. IX, 17).

De nouveau, il quitta Wei pour Tch'en. Il traversa Ts'ao pour arriver à Song. Le chef de la cavalerie de cet état, Houan T'ouei, pour des raisons obscures, voulut le tuer. Pendant qu'il se réunissait avec ses disciples sous un arbre, il fit abattre l'arbre. Pour la seconde fois, il exprima la croyance mystique qu'il avait de sa mission (L. Y. VII, 22). Puis, on a l'impression que maître et disciples furent chassés en ordre dispersé vers l'ouest, vers l'état de Tch'eng. Un homme de ce pays vint dire à Tseu Lou :

– À la porte orientale, il y a un homme qui est là, tout comme un chien un jour d'enterrement.

Le propos fut rapporté à Confucius, qui déclara :

– L'apparence extérieure compte peu. Mais c'est tout à fait vrai que je ressemble à un chien un jour d'enterrement.

Tout le groupe parvint à Tch'en dans les derniers jours de 495 A.C. Confucius y resta trois ans chez un surveillant des remparts. L'année suivante, 494 A.C., il eut l'occasion de montrer sa connaissance de l'antiquité, dans des domaines qui ne touchent pas à son enseignement habituel, et de nous donner une idée de ce que serait la science de ce temps.

Ainsi, dans une bataille entre les états de Wou et de Yue, situés dans la région de l'embouchure du fleuve Bleu, une colline fut bouleversée et on découvrit des ossements énormes qui tenaient dans un char. Un animal quelconque ? Un animal préhistorique ? Un giganthrope ou un giganthropithèque ? Un article récent (*Discovery*, Octobre 1956) de l'archéologue anglais Cornwall, rendant compte d'un rapport du savant chinois W. C. Pei à l'Académie chinoise des Sciences, déclare qu'on possède quarante dents d'un hominoïde de 2,50 mètres. Celui-ci serait le contemporain de l'*Homo Pekinensis* qui vivait il y a 500 000 ans, au début du paléolithique. L'explication de Confucius est naturellement historico-mythique. Il y aurait eu là, sur la colline de Kouei Ki, au temps du légendaire roi Yu, une réunion des *chen, divins*, terme qui semblait à la fois désigner les dieux des monts et des fleuves et les prêtres qui les servaient. L'un d'entre eux, on ne sait si c'est le dieu ou le prêtre, un géant, Fang Fong, arriva en retard. Il fut tué par Yu et son corps exposé. Ce serait l'origine des ossements découverts. Mais on aperçoit ici une distinction intéressante entre deux classes de prêtres : les uns, les *divins*, chargés du culte des monts et des fleuves, et les autres, qui étaient tout simplement les ducs et les marquis, chargés du culte des dieux du sol et de la moisson. Tous dépendaient du roi. Cela confirme le caractère sacral de la fonction publique dans la Chine primitive.

Nous voyons, à cette même occasion, Confucius parler de Ti géants et de Tsiao-yao, très petits, existant de son temps. Il s'agit très probablement pour ces derniers de Négritos dont les textes font état jusqu'au IIIe siècle P.C., dans le sud de la Chine, ou de Pygmées dont le *Kouo-ti che*, du VIIe siècle, dit qu'ils vivaient au sud du Ta Ts'in, c'est-à-dire de l'Empire romain. Ces derniers vivaient dans des cavernes et avaient peur d'être mangés par les grues.

Tch'en était alors l'objet d'attaques fréquentes de ses voisins, en particulier de Wou. Confucius reprit la route pour Wei. A P'ou, le gouverneur s'était révolté contre Wei. Confucius fut retenu et ne fut relâché que sur son serment de ne pas continuer sa route. Il ne tint pas sa promesse. À une observation du brave et toujours loyal Tseu Lou, il déclara :

– C'est un serment extorqué par la violence. Les dieux ne l'ont pas entendu.

Le duc Ling de Wei alla à la rencontre de Confucius. Il le traita avec déférence. Mais il négligea ses conseils.

– S'il se trouvait quelqu'un pour m'employer, dit Confucius, en un an j'arriverais à quelque chose ; en trois ans je réussirais.

C'est à ce moment de sa vie, on s'en souvient, qu'il s'était comparé à « une courge amère qu'on suspend sans la manger », hésitant, dans le sentiment urgent de sa mission, devant l'appel d'un homme qui s'était rebellé contre les clans nobles de Tsin.

Comme il jouait un jour de la pierre sonore, un homme vint à passer devant sa porte, portant sur ses épaules une corbeille d'herbe. C'était un sage qui vivait dans la retraite.

– Il a du cœur, déclara ce dernier, celui qui joue de la pierre sonore !

Puis il ajouta :

– Mais il s'obstine inutilement. Puisque personne ne le connaît, que ne se résigne-t-il donc ? *Si le gué est profond, je le traverse les jambes nues, s'il ne l'est pas, je relèverai mes vêtements jusqu'aux genoux* (citation du *Che king*).

Nous avons ici un exemple, à la fois curieux et typique, de la manière dont les Chinois utilisent les versets du *Che king*, manière analogue à celle dont les Occidentaux en usent avec la Bible.

Le propos fut rapporté à Confucius.

– Qu'il est cruel, fit-il (cet homme indifférent à la vie du monde). Vivre comme lui n'a rien de difficile (L. Y. XIV, 42).

L'anecdote dépeint assez bien Confucius.

Las de son désœuvrement à Wei, il décida d'aller à Tsin, le leader de la Ligue du Nord. Mais lorsqu'il arriva au bord du fleuve Jaune, il apprit la mort de Teou Ming-tou et de Chouen-hoa. S'approchant du fleuve, il dit :

– Qu'il est beau, ce fleuve immense ! Si je ne le traverse pas, c'est la destinée qui le veut.

Tseu Kong lui dit :

– Permettez-moi de vous demander : pourquoi dites-vous cela ?

– Teou Ming-tou et Choen-hoa étaient de sages grands officiers du royaume de Tsin. Tant que Tchao Kien-tseu ne fut pas parvenu à ses fins, il eut besoin de ces deux hommes ; ensuite, il les tua. J'ai entendu dire : lorsqu'on fend les matrices pleines pour tuer les êtres prématurément, la licorne ne vient pas dans la banlieue ; lorsqu'on dessèche les étangs, le dragon ne maintient pas l'harmonie entre le *yin* et le *yang* ; lorsqu'on renverse les nids pour briser les œufs, le phénix n'arrive pas en voltigeant. Cela veut dire : le sage s'éloigne de celui qui fait du mal à ceux qui lui sont semblables.

Confucius revint donc à Wei. Le duc l'interrogea un jour sur les problèmes militaires.

– En ce qui concerne, répondit-il, les étals et les vases des sacrifices, je m'en suis enquis depuis longtemps ; mais pour ce qui est de l'art de disposer les armées, je ne l'ai jamais étudié (L. Y. XV, 1).

Le duc regarda distraitement une oie voler. Le lendemain, Confucius quitta Wei pour Tch'en. Il passa dans ce dernier pays toute l'année 491 A.C. À ce moment, des nouvelles lui parvinrent de Lou. Le duc Ting était mort l'année d'avant et peu de mois après, en automne, fit de même Ki Hoan, le chef du clan Ki. Sur son lit de mort, ce dernier, comme dans un remords, recommanda à son fils Ki Kang :

– Quand vous serez conseiller de Lou, ne manquez pas d'appeler auprès de vous Tchong-ni (Confucius).

Mais Kong Tche-yu fit observer à Ki Kang :

– Autrefois, votre défunt père donna à Confucius un emploi, mais ne le garda pas jusqu'au bout ; en définitive, il fut la risée des seigneurs. Si vous le reprenez à votre service et n'allez pas jusqu'au bout, vous connaîtrez la même situation ridicule.

– Qui dois-je appeler ?

– Il faut appeler Jen K'ieou.

Confucius se persuada que Jen K'ieou, connu également sous le nom de Tseu-Yeou, allait être employé à des fonctions importantes. Il eut, à ce moment-là, le désir de retourner dans son pays natal, qu'il avait quitté voici déjà un certain nombre d'années.

– Que je m'en retourne ! Que je m'en retourne ! disait-il. Mes disciples sont ardents, mais négligents. Ils cultivent des vertus avec élégance et perfection, mais ne savent pas les équilibrer.

En une autre circonstance, il lui arriva de dire avec plus de précision que ses disciples excellent chacun dans des vertus différentes, et même le dépassent, mais qu'il leur manque de savoir les mesurer et les harmoniser. C'était la théorie du *juste milieu* que développera son petit-fils.

*Dépasser les limites n'est pas un moindre défaut que de rester en deçà* (L. Y. XI, 15).

En 490 A.C., accompagné de ses disciples, il quitta Tch'en pour Ts'ai, petite principauté qui dépendait du grand état de Tch'ou, leader de la Coalition du Sud. Tch'en était alors de nouveau attaqué par Wou. Il était un de ces malheureux pays pressés et pressurés par les deux coalitions du Nord et du Sud. Le roi de Tch'ou vint à son secours. Apprenant que Confucius se trouvait entre Tch'en et Ts'ai, il lui fit envoyer des présents pour lui demander de venir. L'affaire alarma les *tai fou* de Tch'en et de Ts'ai – et c'est la preuve encore une fois que la position légitimiste de Confucius était bien connue – et ils firent cerner Confucius.

Pendant sept jours, il fut privé de vivres. Ses disciples affaiblis ne purent même plus se lever. Tseu Lou, devant le calme du Maître, s'écria, indigné :

– Le sage doit-il être dénué de tout ?

– Le sage peut être, en effet, dans la détresse. Mais l'homme vulgaire, dans une telle situation, ne sait plus se contenir.

Tseu Lou comprit et rougit (L. Y. XV, 1).

Sentant ses disciples irrités, le Maître procéda à une sorte d'examen de conscience de l'école. S'adressant à Tseu Lou, il lui dit :

– Le *Che king* dit : « *Nous ne sommes pas des tigres et des rhinocéros pour nous tenir dans des régions désertes.* » Ma sagesse serait-elle en défaut ? Pourquoi me trouvé-je dans une telle situation ?

– À mon avis, répondit Tseu Lou, c'est parce que nous ne sommes pas assez bons pour que les hommes nous croient ; c'est parce que nous ne sommes pas assez sages que les hommes ne suivent pas nos préceptes.

– Serait-ce ainsi, Yeou ? Si l'homme de bien était nécessairement cru, alors il n'y aurait pas eu Pö Yi et Chou Ts'i *(après avoir fait vainement des remontrances au tyran Tchéousin, dernier roi des Chang, ils moururent dans la forêt pour rester fidèles à la dynastie des Chang)* ; si l'homme sage était suivi, il n'y aurait pas eu de fils de roi comme Pi-Kan *(Pi-Kan, prince du sang, mis à mort pour avoir fait des remontrances au dernier roi de la dynastie Chang).*

Confucius se tourna alors vers Tseu-Kong.

– Votre sagesse, dit ce dernier, est d'une grandeur extrême. C'est pourquoi il n'est personne dans l'Empire qui puisse vous admettre. Maître, vous devriez abaisser un peu (le niveau de votre enseignement).

– Un bon laboureur sème, il n'est pas sûr qu'il récolte. Un artisan habile n'est point sûr de plaire. L'homme supérieur met en pratique la sagesse ; il maintient les règles essentielles ; il observe les principes ; il n'est nullement certain qu'il se fasse admettre. Mais si vous dites qu'il ne faut pas pratiquer la sagesse pour se faire admettre, alors vos visées ne vont pas loin.

Enfin au tour de Yen Houei, le disciple préféré, de parler :

– Votre sagesse est très haute ; c'est pourquoi il n'est personne dans l'Empire pour l'admettre... Quand la sagesse n'est pas pratiquée par nous, la honte est pour nous ; mais quand, l'ayant pratiquée, nous ne sommes pas employés, la honte est pour les seigneurs.

Confucius fut satisfait de cette réponse.

– Ô enfant de Yen, dit-il en souriant, si vous aviez beaucoup de richesses, je serais votre intendant.

Cet examen de conscience au milieu du péril eut peut-être le don de réconforter les disciples. Tseu-Kong fut envoyé auprès du roi de Tch'ou. Et bientôt les troupes de secours vinrent délivrer le groupe assiégé.

Confucius vint donc à la capitale de Tch'ou où le roi voulut lui donner un fief groupant sept cents familles. Mais l'opposition des grands fit échouer le projet.

Confucius resta à Ts'ai jusqu'au-delà de 489 A.C. L'année suivante, il vint se fixer à Che, cité qui dépendait également de Tch'ou, dont le chef s'était arrogé abusivement le titre de duc. Celui-ci l'interrogea sur l'art de gouverner.

– Un bon gouvernement, répondit Confucius, rend heureux les proches et attire ceux qui sont éloignés (L. Y. XIII, 16).

En réalité, sur cela comme sur le reste, il se méfiait des maximes de portée générale (L. Y. XIII, 15 ; IV, 21). Il conseillait simplement la vigilance. Si on a réalisé la vertu en soi, on saura l'art de gouverner. Si on est parfait comme le roi Chouen le fut, alors il suffit de se tenir correctement la face tournée vers le sud, afin de capter les effluves du *yang*, pour que l'Empire soit en ordre (L. Y. XV, 4).

Un autre jour, le gouverneur de Che lui dit :

– Dans mon pays, il y a des hommes droits. Si le père vole une brebis, le fils n'hésite pas à témoigner contre lui.

– Dans mon pays, rétorqua Confucius, les hommes droits agissent autrement. Le père cache les fautes de son fils et le fils celles de son père (L. Y. XIII, 16).

La morale va ici du proche au lointain, comme dans les Évangiles ; elle tient compte de l'ordre naturel des sentiments humains. Mais c'est qu'aussi la famille comme la cité sont des ordres autonomes dont la dépendance ne contredit pas à l'autonomie interne, calqués qu'ils sont sur le modèle féodal.

En une autre circonstance, le gouverneur de Che interrogea Tseu Lou sur Confucius ; et nous avons de lui la meilleure définition, peut-être aussi l'une des plus mélancoliques. Tseu Lou ne sut pas répondre à la question. Confucius lui dit :

– Yeou, que n'avez-vous répondu ? C'est un homme qui veut réaliser l'*humanité (jen)* avec une ardeur qui lui fait oublier le manger, qui y éprouve une joie qui lui fait oublier ses chagrins et ne s'aperçoit pas que la vieillesse arrive (L. Y. VII, 18).

À quelque temps de là, il revint à Ts'ai. Avant de passer un fleuve, il envoya Tseu Lou s'enquérir du gué auprès de deux hommes qui travaillaient sur un champ. C'étaient deux hommes que le désordre du temps fit vivre dans la retraite, et que nous connaissons sous les noms de Tch'ang Ts'iu et de Kie Ni. Noms inventés par les annalistes postérieurs, *Ts'iu* voulant dire celui qui ne sort pas du repos, *Ni* celui qui reste au fond de l'eau et n'émerge jamais. Le premier demanda à Tseu Lou :

– Quel est cet homme qui tient les rênes dans la voiture ?

– C'est K'ong K'ieou (Confucius).

– K'ong K'ieou de Lou ?

– Oui, c'est lui.

– Alors, il connaît le gué, fit Tch'ang Ts'iu.

Il est assez difficile de savoir si cette réponse était un trait de malveillance ou si Tch'ang Ts'iu faisait allusion au fait que Confucius, voyageant d'un pays à l'autre comme il le faisait, avait déjà dû passer par là. De toute façon, c'était une critique indirecte de son attitude.

Tseu Lou se tourna alors vers Kie Ni.

– Qui êtes-vous, fit ce dernier ?

– Je suis Tchong-Yeou.

– N'êtes-vous pas l'un des disciples de K'ong K'ieou de Lou ?

– Oui.

– Le monde, fit Kie Ni, est comme un torrent impétueux. Qui pourrait le changer ? Plutôt que de suivre un sage qui fuit des hommes, ne vaudrait-il pas mieux suivre ceux qui fuient le monde entier ?

Puis les deux hommes se mirent à recouvrir avec la herse la semence qu'ils avaient déposée dans la terre.

Tseu Lou rapporta cette conversation à Confucius. Celui-ci en parut affligé :

– Nous ne pouvons faire notre société des oiseaux et des bêtes sauvages. Si je fuis la compagnie des hommes, avec qui vivrai-je ? Si le monde était bien ordonné, qu'aurais-je besoin de vouloir le changer ? (L. Y. XVIII, 6).

Au cours de ce même voyage, Tseu Lou, étant resté en arrière, perdit de vue Confucius. Voyant un vieillard qui portait à l'aide d'un bâton sur l'épaule une corbeille pour recueillir de l'herbe, il lui demanda s'il avait vu son maître.

– Vos quatre membres, fit le vieillard, ne connaissent pas la peine du travail. Vous ne savez pas distinguer entre les cinq espèces de céréales. Quel est votre maître ?

Il aurait encore dit :

– Nous sommes au temps des travaux des champs. Vous entreprenez des voyages lointains à la suite de votre maître. Quelle utilité en revient-il aux hommes de notre siècle ? Qui connaît seulement votre maître ?

Tseu Lou joignit ses mains en signe de respect. Le vieillard l'invita à passer la nuit dans la maison, tua un poulet, prépara du millet et servit à manger à son hôte. Il lui présenta ensuite ses deux fils.

Le lendemain, Tseu Lou raconta le fait à Confucius.

– Il n'est pas juste de ne pas servir, dit ce dernier. Si on ne peut déjà négliger les devoirs dus à l'aînesse, comment peut-on se refuser à ceux qui existent entre prince et sujet ?

En voulant se garder pur (de toute compromission), on trouble la relation cardinale (de la société). Le sage sert selon le vœu de la justice. Que l'ordre ne règne pas, nous le savions depuis longtemps (L. Y. XVIII, 7).

L'ombre de l'échec s'appesantit sur sa vie. Il avait maintenant soixante-trois ans. Il s'était, au cours de ses pérégrinations, heurté à l'hostilité des grands et au mépris des sages. Il lui arrivait de vouloir se confier à un radeau et de voguer vers les mers barbares, ou d'aller vivre parmi les neufs tribus barbares de la côte (L. Y. V, 6 ; IX, 13). Il ne lui manqua même pas, pour donner une note de dérision qui convient aux choses humaines, un fou ; ou un sage qui simulait la folie pour échapper à la folie, au désordre et aux périls du siècle. Ainsi chanta le fou de Tch'ou :

– Ô phénix ! ô phénix ! Combien ta vertu dégénère ! Pour le passé, les reproches sont inutiles ; mais pour l'avenir, on peut encore te poursuivre. Cesse ! Cesse ! Dans le temps présent, ceux qui s'occupent de politique voient leur vie en péril (L. Y. XVIII, 5).

Peu de temps après, il revint à Wei qui, au cours de ses années errantes, avait toujours constitué pour lui un port d'attache. Le duc Ling était mort peu de temps après son dernier départ de ce pays. Son petit-fils, le duc Tchö, le remplaça, mais après avoir chassé son père, lequel avait voulu attenter à la vie de la princesse Nan-tse, la grand-mère de l'un et la mère de l'autre. Cette situation dans laquelle, d'après sa morale, personne n'était à sa place, où le père n'agissait pas en père et le fils en fils, où la correction des noms était troublée, déplut naturellement à Confucius. Bien que le jeune duc désirât l'avoir comme conseiller, sans doute pour se couvrir de la réputation du sage, celui-ci se refusa à toute fonction. Et durant environ six ans, il resta dans l'ombre, sans que nous entendions parler de lui.

## Le retour à Lou

En 483 A.C., son disciple Jen K'ieou, entré au service de Ki Kang à Lou depuis 491 A.C., remporta un gros succès militaire contre Ts'i. Le chef du clan Ki lui demanda :

– Vos talents militaires sont-ils innés ou acquis par des études ?

– J'ai étudié auprès de Confucius, répondit Jen K'ieou.

– Quelle sorte d'homme est-il ?

Jen K'ieou fit de son maître un portrait qui plut à Ki Kang. Il désira appeler auprès de lui Confucius et ignorait encore si ce dernier y consentirait.

– Si vous désirez l'appeler auprès de vous, lui dit Jen K'ieou, ne le traitez pas avec étroitesse... alors, ce sera possible.

Ki Kang envoya un messager auprès de Confucius avec des présents. Celui-ci revint dans son pays en la onzième année du règne du duc Ngai. Il avait alors soixante-neuf ans et avait quitté son pays depuis quatorze ans à la recherche d'un prince.

Le duc Ngai et Ki Kang l'honorèrent et lui demandèrent parfois des conseils, mais finalement ne lui confièrent aucune fonction. Il est vrai que ses conseils n'étaient pas de ceux qui pouvaient plaire aux puissants du jour, qui cherchaient à s'agrandir à tout prix, fût-ce par l'usurpation. Par exemple, il disait à Ki Kang que si les supérieurs n'avaient pas de convoitises, les inférieurs et le peuple en général ne voleraient pas, même si on les en récompensait. Il croyait à la vertu de l'exemple, lorsque surtout celui-ci vient de haut.

– La vertu du prince, dit-il, est celle du vent ; celle du peuple celle de l'herbe. L'herbe s'incline dans la direction du vent (L. Y. XII, 17, 18).

Il passa donc ses jours, honoré, mais inutilisé, se rendant régulièrement une fois par mois à la cour du duc, pour lui faire visite. Il mit en ordre les classiques hérités de la haute antiquité dont il avait fait jusque-là sujet d'étude dans son école : le *Chou king* (le livre des Documents), le *Che king* (le livre des Odes), puis une chronique de Lou, le *Tch'ouen Ts'ieou* (Printemps et Automne). Il attachait beaucoup d'importance à cette dernière, estimant que c'est par elle que l'avenir le jugerait. Il s'intéressait également au *Y king* (le livre des Mutations). Il le lisait au point d'en user les lanières. Il souhaitait de vivre cinquante ans de plus pour l'étudier. Avait-il préfacé et commenté ces ouvrages ? C'est possible, mais nullement certain, du moins pour le *Y king*. Il mit en ordre également la musique et les rites.

De tous ceux qui avaient été avec lui dans le péril, entre Tch'en et Ts'ai, se rappela-t-il un jour, il n'en était plus beaucoup qui franchissent le seuil de sa porte. Les uns étaient en fonction, les autres avaient quitté ce bas monde. L'année même de son retour à Lou, il perdit son disciple préféré, Yen Houei, mort prématurément. Il en fut profondément affecté. Il le pleura longtemps et même d'une manière excessive (L. Y. XI, 8). Puis, en 482 A.C., mourut son fils, Pö-Yi. Il accueillit curieusement cet événement avec plus d'équanimité.

Au printemps de 480 A.C., au cours d'une partie de chasse du duc, un cocher de Chou-suen captura un animal étrange. Personne ne savait ce qu'il était. Et Confucius fut appelé en consultation. Il le reconnut immédiatement. C'était le *k'i lin*, la licorne. Elle boitait de la patte antérieure gauche et portait encore à la corne le ruban que sa mère y avait attaché. Il s'écria :

– Pourquoi est-elle venue si tard ?

Il se couvrit le visage de ses mains et sanglota.

– Ma doctrine est finie, dit-il.

C'est sur cette phrase que se termine le *Tch'ouen Ts'ieou.*

Vers la fin de cette année, la nouvelle parvint à Lou que le duc de Ts'i avait été tué par un de ses grands officiers. Ce régicide remplit Confucius de colère et d'indignation. Bien qu'il n'eût pas de fonction officielle, il se rappelait qu'il avait rang immédiatement après les *tai fou.* Il jeûna et se baigna et se présenta solennellement à la cour du duc. Il lui demanda d'intervenir. Le duc répondit qu'il n'avait pas les moyens d'agir dans un état si puissant.

– La moitié du peuple de Ts'i est pour cette intervention, dit Confucius (L. Y. XIV, 22).

Mais le duc se récusa et le renvoya au chef des « Trois familles ».

En 479 A.C., il apprit la mort du brave Tseu Lou, qui l'avait fidèlement accompagné en tant de circonstances. Il l'avait laissé à Wei avec Tseu Kao, au moment de retourner à Lou. Et les deux étaient entrés au service de ce pays. Survint une révolution. Le prudent Tseu Kao put s'échapper. Mais Tseu Lou se jeta courageusement dans la mêlée. Il tomba sous les murs de Ts'i-tch'eng, endroit qui porte le même nom encore aujourd'hui, où l'on peut voir sa tombe, à huit kilomètres de K'ai-tcheou, dans le sud du Tcheli (L. Y. XI, 12). Son corps fut coupé en morceaux et exposé à la porte orientale. Confucius avait prédit ce destin à Tseu Lou (L. Y. XI, 12). Il en fut, néanmoins, très affecté.

L'année suivante, en 478 A.C., deux ans après l'apparition de la licorne, un matin, il se leva tôt. Il se promena devant sa porte en traînant un bâton. Il chanta :

*Voici que le T'ai Chan s'écroule ;*
*Que le grand arbre va être détruit ;*
*Et le sage s'en va comme une plante flétrie !*

L'entendant chanter, Tseu-Kong entra pour prendre des nouvelles.

– Ô Seu, pourquoi arrivez-vous si tard, dit Confucius ?

Puis il lui raconta son rêve :

– Sous les Hia, on déposait le cercueil en haut de l'escalier de l'est ; sous les Tcheou, en haut de l'escalier de l'ouest ; sous les Yin (Chang) entre les deux colonnes. La nuit dernière, j'ai rêvé que j'étais assis entre les deux colonnes devant les offrandes que l'on fait à un mort. C'est sans doute parce que je descends des Yin (rois de Chang).

Il rentra dans la pièce intérieure pour se coucher. Il ne se releva plus. Sept jours après, il mourut. C'était le jour de *ki-tch'eou*, le onzième du quatrième mois, de la seizième année du duc Ngai de Lou, ou de la quarante-et-unième année du règne du roi King de Tcheou, en l'an 479 avant l'ère chrétienne. Il était dans sa soixante-treizième année.

Il fut enterré dans le nord de la capitale de K'iu-fou, au bord de la rivière Sseu. Le duc Ngai prononça une oraison funèbre :

*Le Ciel ne m'a pas laissé l'homme vénérable. Il n'est plus personne pour m'assister. Hélas ! Malheur à moi ! Ô vénérable Ni !*

Ses disciples portèrent le « deuil du cœur », c'est-à-dire sans manifestation apparente, pendant trois ans, comme pour un père. Une centaine d'entre eux vinrent s'établir même autour de sa tombe. Tseu-Kong y demeura six ans. (La tombe se trouve aujourd'hui dans le bois de K'ong-lin aux arbres millénaires, au village de K'ong-li, l'un et l'autre portant son nom.)

Le duc fit ériger sur la place un temple funéraire où furent réunies les reliques du sage : son bonnet, ses vêtements de cérémonie, son luth et son char. Et de là partit le culte confucéen.

*Lorsque j'eus contemplé*, écrira au IIe siècle A.C. l'historien Sseu-ma Ts'ien, *la salle du temple funéraire, son char, ses vêtements, ses ustensiles rituels ; tous les maîtres qui, aux époques prescrites, s'exerçaient aux rites dans sa demeure, je revins pénétré de respect ; je m'attardai là et ne pus plus m'éloigner. Dans le monde sont légion ceux qui, depuis les souverains jusqu'aux hommes sages, eurent de leur vivant une gloire qui prit fin avec leur vie. Mais celle de Confucius, bien qu'il ait été un homme vêtu de toile, s'est transmise pendant plus de dix générations. Ceux qui se livrent à l'étude le regardent comme leur patron. Depuis le Fils du Ciel, les rois et les seigneurs, tous ceux qui dans le royaume du Milieu dissertent sur les arts libéraux se décident et se règlent d'après le Maître. C'est là ce qu'on peut appeler la parfaite sainteté* (Che ki, trad. Chavannes p. 435).

En 194 A.C., le fondateur de la dynastie impériale de Han vint s'incliner ici. Ce fut la consécration. Et depuis plus de deux mille ans, toutes les dynasties ont suivi cet exemple.

## Portrait

Confucius était grand, mais un peu court sur pattes, s'il faut en croire, pour ce dernier détail, l'adversaire taoïste de l'école, Tchouang-tseu. Il avait les « cinq saillies », les yeux saillants, le nez proéminent, aux narines larges, la pomme d'Adam accusée, les oreilles plates et les dents qui avançaient un peu sur les lèvres, les laissant entrouvertes. La statue de bronze du temple de Yushima Seido à Tokyo, qui serait apportée de K'iu-fou par un émigré chinois du temps des Ming, le représente même nettement avec deux incisives débordant sur les lèvres. Il avait le visage large, avec des marques comme on en voit « sur un melon mûr ». Les mains étaient fortes, semblables aux pattes d'un tigre, la barbe abondante, la bouche large. Sa démarche était rapide. En parlant, il avait un air souriant. Son teint était sombre. Il est difficile de savoir si ce portrait est exact. Néanmoins, à quelques détails près, c'était bien l'image qu'on se faisait de lui, même chez un adversaire du IVe siècle A.C., comme Tchouang-tseu, qui semblait la considérer comme une donnée généralement admise. Marcel Granet, néanmoins, en doute, et la considère comme une image conventionnelle du sage. Ainsi, la couleur sombre est celle de l'eau et la marque de la profondeur.

Son aspect était doux, calme et sévère ; il inspirait du respect sans effrayer ; il était digne et tranquille. Quand il n'était pas occupé, il avait un air affable et joyeux (L. Y. VII, 4). Devant un homme en deuil ou aveugle, il se levait. Le deuil l'empêchait de manger et de chanter. Il avait des mouvements de sensibilité spontanés. Il était circonspect dans son action. Quand il recevait au nom du prince, il tenait les mains jointes et, le corps immobile, les tournait à droite et à gauche ; dans la même attitude, il soulevait les coudes comme les ailes d'un oiseau, lorsqu'il introduisait les hôtes. À la cour ou au temple, il s'exprimait clairement, mais avec une attention respectueuse et une noble gravité. Avec les simples il était simple, mais parlait peu.

Le chapitre X du *Louen yu* est consacré à ce qui nous apparaît évidemment comme des manies, inspirées par un symbolisme rituel, naïf et compliqué. Il ne parlait pas en mangeant ou lorsqu'il était au lit, même si on l'interrogeait. Il buvait volontiers, mais sans excès. Il avait une certaine conception de la diététique ou des manies alimentaires : il ne mangeait pas quelque chose qui ne fût coupé régulièrement ; il mêlait toujours une certaine proportion de légumes à la viande. Quand il était en voiture, il regardait droit devant lui, ne se retournait pas en arrière et ne montrait rien du doigt. Il ne portait pas, dans son habillement, certaines couleurs indécises, par exemple le rouge tirant sur le bleu, c'est-à-dire celles qui ne rentrent pas dans les cinq couleurs bien définies.

Il faisait grande attention à tout ce qui touchait à la santé, aux abstinences purificatoires, aux sacrifices, aux questions militaires. Il aimait la musique, et lorsque quelqu'un chantait un air qui lui plaisait, il le faisait volontiers répéter. Il était loin d'être un homme qui se confinerait dans la délectation morose ou dans les mortifications.

Il ne faut pas croire, du reste, qu'il était empêtré dans un formalisme excessif. Il était quelque peu gourmé, certes. Il était partisan en tout de l'équilibre et de la mesure :

*En faisant des politesses, au-delà de la norme rituelle, on fatigue. En étant circonspect au-delà de la norme rituelle, on devient craintif. En étant courageux au-delà de la règle rituelle, on crée le désordre* (L. Y. VIII, 2).

De lui-même il avait une idée simple et juste. Nous le trahissons en faisant de lui un surhomme. Être un homme parmi les hommes, un homme humain dans une société humaine, – et ce n'est pas une petite affaire, nous le voyons bien aujourd'hui – héritière de l'œuvre civilisatrice des hommes du passé, c'est tout ce qu'il veut être. Mais à cela il applique tout son effort, en vue d'être ce qu'il veut être. Il ne se contente pas de concevoir une doctrine ou une éthique. S'il l'a fait, c'est malgré lui, et sans le savoir.

*Méditer pour comprendre, étudier et enseigner sans me lasser, ne sont-ce pas mes mérites ?* (L. Y. VII, 2).

– *Ne pas m'appliquer à réaliser la vertu, ne pas m'expliquer clairement ce que j'étudie, ne pas accomplir ce que j'ai compris être mon devoir, ne pas me corriger de mes défauts, voilà mes soucis* (L. Y. VII, 3).

Il s'instruit auprès des hommes du passé :

*Je n'ai pas la science innée. J'aime l'antiquité et je la cherche avec assiduité* (L. Y. VII, 19).

Et des hommes du présent :

*Entre trois hommes qui marchent ensemble (moi étant*

*l'un d'entre eux), je suis sûr de trouver mon maître, le bon pour l'imiter, le mauvais pour (reconnaître en lui ce dont il faut) me corriger* (L. Y. VII, 21).

Et il instruit les autres avec la même application et le même cœur :

*Ai-je la science ? Non. Mais quand un homme d'humble condition m'interroge, fût-il stupide, je lui explique tout d'un bout à l'autre, sans rien omettre* (L. Y. IX, 7).

Il sait la limite de son œuvre :

*La sainteté et la parfaite humanité (jen), je n'ose y prétendre. Tout ce qui peut être dit de moi, c'est que je cultive la vertu sans relâche, que j'enseigne sans jamais me décourager* (L. Y. VII, 33).

Il n'a rien en lui d'occulte :

*Mes disciples, croyez-vous que je vous ai caché quelque chose ? Je ne vous ai rien caché. Je n'ai rien fait que vous ne l'ayez su* (L. Y. VII, 23).

Il n'avait rien d'ésotérique. Il évitait de parler des choses mystérieuses, des prodiges par exemple. Il ne formulait pas de théories ou de maximes générales. Il parlait rarement de la vertu fondamentale du *jen*, que nous venons de traduire par *humanité parfaite*, sans doute à cause de la difficulté qu'il éprouvait à la définir. Encore parlait-il moins, ou seulement à quelques privilégiés, de l'essence de l'homme *(sing)* et de la Voie du Ciel. Il ne parlait pas non plus de profit, d'actes de violence, de désordres pour ne pas troubler les cœurs. Il portait cependant en lui et dans son maintien un sentiment révérentiel qui semble être la condition, selon le *Y King*, de l'ordre intérieur, un sentiment recueilli et vigilant et qu'on pourrait dire orant et qui faisait de sa vie, comme il dit, une prière, quelque chose qui trouve dans le fait de se vivre le principe de sa transfiguration (L. Y. VII, 34).

Les contours de son portrait risquant de se confondre avec ceux de sa doctrine, nous n'en multiplierons pas davantage les traits. Il s'agit bien évidemment d'un humanisme, centré sur l'observation concrète et la pratique, d'un humanisme dans les deux sens du mot, par rapport au passé et par rapport au présent, dans le sentiment, mal avoué sans doute, d'un présent éternel de l'homme. « Deviens ce que tu es », dit Gœthe. « Deviens ce que l'homme est », ce pourrait être la maxime confucéenne. Mais qu'est-ce que l'homme ? Ce fut la question du Sphinx d'Égypte, toujours assis au bord de nos déserts.

# La doctrine

## Réaction et progrès

Nous avons montré dans la partie biographique Confucius dans la société de son temps. Nous avons parlé de son légitimisme. Ce fait est important dans l'histoire de la conscience chinoise. Car la « fidélité au prince légitime » est une donnée de la politique et de l'éthique chinoises durant plus de deux millénaires. C'est un élément féodal qui a obtenu une singulière survie historique et qu'il convient de saisir dans la période de sa fixation.

L'explication de cette position légitimiste est aisée. Confucius appartenait à ce milieu de petits nobles dont la situation était fort précaire et incertaine dans la fin de la période de *Printemps et Automne*. Ils se retournaient naturellement vers le prince légitime et faible contre l'oligarchie des clans nobles, puissants et usurpateurs. Ce sont là les mêmes raisons que celles qui firent le Tiers État se retourner en France vers le roi contre les grands. Ils se firent en conséquence une conception idéalisée de la féodalité – la féodalité courtoise, l'appelle René Grousset – des premiers siècles des Tcheou, quand le roi assurait l'ordre dans le royaume et régnait réellement sur les seigneurs. On a de même idéalisé la chevalerie en Europe. Le tableau réel devait être tout autre. Leur idéal représentait une utopie conservatrice ou exactement passéiste et réactionnaire.

Ils ne formaient pas, toutefois, une classe structurée, mais une classe mêlée, en formation, née d'une érosion historique qui se produit quelque part dans le monde social, une nébuleuse historique, à l'intérieur de laquelle chacun était seul et tremblant dans un monde immesuré. Cadets de familles nobles, héritiers des scribes, ils avaient la situation incertaine et ambiguë des *discipuli vagabundi* du Moyen Âge ou des intellectuels de nos jours. Leur morale ne pouvait chercher son aliment et sa signification que dans la conscience individuelle. Elle a ainsi un sens progressiste et marque un progrès de la conscience.

## Le noble et le magicien

Leur morale était d'esprit aristocratique. Elle était celle des classes gouvernantes ou de ceux qui aspiraient à y pénétrer. C'est la morale du *kiun-tseu*. On traduit souvent ce terme par *sage*. Ce n'est pas inexact. Mais on traduit simplement la moitié du sens. La traduction la plus approchante me paraît être : *l'être princier, le noble, le gentilhomme, le sage-gentilhomme* (*kiun* = seigneur ; *tseu* = être, chose, fils). Le mot a subi la même évolution que celle du mot *noble* en français.

Être un *kiun-tseu*, c'est se conduire selon l'état ou la vocation d'une classe de commandement. Si les collèges de nobles avaient quelque chose d'un prytanée militaire, l'école de Confucius était une sorte d'école des Sciences Politiques, telle qu'elle sortit de l'esprit de Taine. Le sens originel apparaît nettement dans cette phrase :

*Le* kiun-tseu *(l'être noble) qui étudie la sagesse aime les hommes ; l'homme de peu* (siao jen) *qui étudie la sagesse devient plus facile à gouverner* (L. Y. XVII, 4).

D'un côté il y a ainsi celui qui gouverne et de l'autre celui qui est gouverné.

Mais même les traits moraux du *kiun-tseu* gardent quelque chose de leur origine sociale. Ainsi, il « *n'est pas un instrument* » (L.Y. II, 12). Cela veut dire qu'il n'a pas de spécialité, qu'il n'est pas un technicien, qu'il ne travaille pas par lui-même. Sa spécialité est de voir les choses de haut, de gouverner. On pense à l'enseignement secondaire français qui ne prépare à rien de spécial et qui dispense la « culture désintéressée ». Le *kiun-tseu* apprend l'art du bien-parler dans le *Che king* (les Odes), l'art de gouverner dans le *Chou king* (les Documents). Il fait ses humanités. Il pratique les rites pour bien se tenir à la cour et au temple et dans les conférences entre seigneurs et la musique pour à peu près les mêmes raisons. D'ailleurs, il n'oublie pas non plus le tir à l'arc et la conduite des chars. Pas plus qu'à Oxford, on n'oublie les régates annuelles. Ce qui prouve son origine militaire. Si, en outre, il s'intéresse au *Y king* (le livre des Mutations), c'est que la science de la divination ou scapulomancie, celle du calendrier ou chronomancie font partie de la fonction gouvernementale, comme étant l'héritage sacerdotal – chamanistique – du roi-mage, débroussailleur, maître de l'irrigation, faiseur de pluie, chargé d'offrir aux dieux l'alcool du sacrifice dans les communautés agricoles primitives. S'il dédaigne le profit et ignore le commerce, l'artisanat et autres techniques, c'est pour les mêmes raisons que le faisait le noble occidental. S'il est pauvre, il préfère cultiver ses champs. Son métier, c'est de servir l'état. *Ne pas servir, c'est manquer à son devoir* (L.Y. XVIII, 7, § 2).

Il agit ainsi par le simple fait de son existence et de son exemple. Le *Tchong yong* (le Juste Milieu) dira :

*Le* kiun-tseu *seulement en se mouvant crée la voie du monde ; en agissant fait la règle pour les générations ; en parlant montre le modèle à tous. Ceux qui sont loin espè-*

*rent en lui ; ceux qui sont proches ne se lassent pas de lui* (TCH. Y, 12, § 2).

Par la vertu qu'il a réalisée dans sa personne, le *kiun-tseu* est comme *une étoile polaire fixe vers laquelle toutes les autres étoiles se tournent, dans le geste d'une salutation cosmique* (L.Y. II, 1). Il agit comme le Ciel *silencieux* gouverne la procession des saisons. Nous retrouvons la notion ici du *non-agir, wou-wei*, qu'on croit particulier au taoïsme, mais qui se révèle être une donnée commune à toute la pensée chinoise. Si l'on regarde bien, il est comme l'officiant dans un culte qui opère silencieusement.

Nous voyons ainsi déboucher chez Confucius plusieurs étages de l'histoire et même de la préhistoire. Nous y reconnaissons l'idéal du noble de cour, l'idéal d'une classe militaire et l'idéal d'une classe sacerdotale. Les deux fonctions militaire et sacerdotale sont en Inde détenues d'une part par le brahmane et d'autre part par le kchattrya. Ici elles demeurent dans un état d'indivision. De l'une à l'autre il y a communication.

La nature trouve dans la morphologie sociale des communautés primitives le modèle du dualisme du *yin* et du *yang*. Celui-ci reflète l'organisation du travail en deux corporations rivales et unies : les tisserandes d'une part et les cultivateurs de l'autre, qui vivaient séparément et ne se rencontraient que dans les fêtes orgiaques du printemps et de l'automne. Mais l'ordre social à son tour doit à la vie naturelle, aux cultes de la nature, son mystère et sa profondeur, ce qui lui donne, pour ainsi dire, sa dimension métaphysique.

La morale du *kiun-tseu*, à cause de ses origines historiques et préhistoriques, a donc nettement un caractère politique. Le *Li ki* (Mémoire sur les Rites), fait dire à Confucius : *Pour la vie des hommes la politique est une grande chose*. On pense au mot attribué à Napoléon : « La politique est la destinée des nations. » Mais le mot a ici une double résonance : une signification politique et une signification métaphysique ou religieuse.

Il en est ainsi de toute la terminologie confucéenne, qui se laisse, pour cela, difficilement traduire. Ainsi, le rite représente à la fois l'étiquette de cour et le rite religieux, lequel porte en lui l'esprit de la magie primitive. De même le mot que nous traduisons par *sainteté (cheng)*, fait allusion non seulement à l'accomplissement intérieur mais aussi à une sorte de puissance extérieure – magique – sur les hommes et sur les choses. On parle des *saints rois*. Ils assurent non seulement l'ordre de la société, mais aussi de l'univers, lesquels ne forment pas deux règnes séparés. Leur œuvre « s'égale à celle du Ciel et de la Terre ». De l'*homme réalisé* on dira, dans le *K'ong-tseu Si-yu* :

*La vertu* (heng) *de l'homme réalisé consiste à comprendre la raison du cœur (exactement : la nature de l'homme et de ses sentiments), le secret de la transformation des choses, la cause de ce qui est mystérieux et sacré, à pénétrer, jusqu'à l'origine du principe errant (qui traverse la vie et la mort, le principe spirituel). Alors seulement on est un homme réalisé. On connaît ainsi la Voie du Ciel et ensuite on pratique dans sa vie le* jen *(la vertu d'humanité parfaite) et le* yi *(le devoir de justice dans les relations interhumaines) ; on s'orne par les rites et la musique. L'humanité, la justice, les rites et la musique, voilà (ce qui définit) la vertu* (heng) *de l'homme réalisé, la connaissance du principe spirituel des transformations, voilà ce qui définit sa puissance* (tö) *féconde.* (Cité par Tran Trong Kim dans *Nho-giao*, T.I., p. 173.)

Le texte est assez obscur. Les termes *heng* et *tö*, souvent accolés ensemble pour former un concept unique, sont employés indifféremment l'un pour l'autre, dans des sens contradictoires. Cette confusion montre, néanmoins, que l'idée de vertu a un double sens. Elle a une signification magique autant que morale. Cette relation entre la réalisation morale et la puissance est évidente à travers tous les avatars de la pensée chinoise. (Elle n'est pas absolument étrangère au catholicisme.) La compénétration des deux termes – et le second est le plus fort – a été résumée par M. Fong Yeou-Lan dans une heureuse formule : « *La sagesse au-dedans et la royauté au-dehors.* »

On a dit que l'Église romaine procède non par mutations mais par additions de vérités. D'une manière analogue, la pensée chinoise maintient une certaine continuité entre les diverses couches de la vie historique. Elle est *enracinée*. C'est la raison du profond équilibre de la Chine. Il subsiste dans toute sa vie de pensée quelque chose de cette indivision de la société et de l'âme primitives, avant que la séparation des fonctions sociales ne prélude à la séparation des opérations de pensée. Sa langue l'y aide. Cette couche primitive semble donner la tonalité métaphysique à sa pensée. Peut-être toute métaphysique même n'est que cette remontée en nous, souvenir ou nostalgie, de cette indivision primitive au sein de notre vie déchirée, coupée, rationalisée et aussi rationnée.

## La saison des héros

Cette vue unitaire de la réalité s'oppose naturellement à l'esprit d'analyse, à l'esprit de système et, si l'on peut dire, au gouvernement de système. Elle fait appel à l'homme. Elle favorise le héros. L'aigle qui se tient solitaire sur le roc, dans des peintures chinoises, est l'image du héros, le héros des marches qui va conquérir un royaume chez les barbares. Il est le dragon aux évolutions imprévisibles que le *Y king* nous présente d'abord caché et invisible au fond de l'eau – les sages cachés – puis « apparaissant sur la plaine » lorsque le « temps » est venu. Il ne s'agit pas d'une durée morte, mais d'un temps animé, recelant un sens, un chiffre, contenant des opportunités, découvrant des mutations brusques. Il est une saison des héros ; et la « froidure de l'hiver » fait l'épreuve et la preuve des « pins et des cyprès » (L.Y. IX, 26). Il se peut passer des siècles sans qu'on les voie, que le monde soit abandonné au désordre.

*La politique des rois Wen et Wou est exposée dans les anciens livres ; si les hommes comme eux existent, cette politique est pratiquée ; s'ils disparaissent, cette politique disparaît avec eux* (TCH. Y., 20).

## L'humanité de l'homme

Les confucéens, sinon Confucius, ont établi une liste des obligations morales :

JEN (humanité parfaite)
YI (équité)
LI (étiquette, rite)
TCHE (perspicacité, intelligence)
SIN (loyauté, fidélité à la parole donnée).

Ordre logique ? Probablement non. Peut-être un ordre mnémotechnique, commandé par l'eurythmie des tons (de la langue chinoise). On pense un peu à la liste des vertus théologales. Quelquefois, l'énumération ne comprend que quatre termes. On les fait correspondre alors à quatre « catégories » du *Y king* : le deuxième terme, par exemple, si difficile à définir et à traduire, correspond à l'idée d'une répartition des biens, le troisième à une idée d'esthétique.

La traduction des deux premiers termes *jen* et *yi* indubitablement est malaisée. Lorsque Couvreur traduit *jen* par *vertu parfaite*, comme il lui advient de le faire, il noie sa réalité dans le vague. Tout terme faisant allusion à un sentiment vaste et polyvalent n'a forcément un sens défini que dans un contexte défini. L'Eros platonicien pour cette raison n'est pas identique à l'amour chrétien. La *charité* a pour nous une connotation chrétienne. Mais elle ne l'a pas forcément et elle ne l'a pas toujours eue. Le *jen* évoque, sans aucun doute, un sentiment de cet ordre. Mais, pour éviter de rappeler le christianisme, on le traduit soit par des termes vagues, soit par des termes qui en particularisent le sens et en limitent la portée. Par exemple : *bienfaisance*. Nous croyons qu'il désigne simplement le sentiment humain et interhumain, l'humanité dans sa plénitude et son excellence.

Bien qu'il eût déclaré que sa doctrine était gouvernée par un principe unique (L.Y. XV, 2), Confucius évitait les questions générales. Il était soucieux avant tout de ce qui était concret et praticable. Probablement aussi parce que la langue chinoise, rebelle au concept, ne favorise pas la définition. Il ne parlait pas volontiers du *jen*. De plus, il en parlait différemment selon chacun. Mais en plus d'une occasion il me semble suffisamment explicite.

– *Y a-t-il un précepte, lui demanda Tseu-Kong, qui puisse guider l'action de toute une vie ?*

– *Aimer, répondit Confucius. Ce qu'on ne désire pas pour soi, ne pas le faire à autrui* (L.Y. XV, 23).

C'est le précepte évangélique. À Fan Tch'eu, il répondit brièvement : *Aimer les hommes* (L.Y. XII, 21). À sa question sur la connaissance, il répondra dans le même dialogue : *Connaître les hommes*. Mais le caractère politique de sa pensée tient en ceci que pour lui cette connaissance avait un but : choisir les hommes convenables aux fonctions de gouvernement. Dans cette même promenade qu'il fit avec Fan Tch'eu au pied de la colline de Wou-yu, il insistera sur la réalisation pratique du *jen* dans la personne et surtout dans l'action (L.Y. XII, 20). Aussi à Yen Houei dit-il :

– *Se surveiller et se corriger, suivre les rites, voilà le* jen.

Puis à Tchong-Kong :

– *En sortant, se conduire comme si on recevait un hôte de marque, à l'égard du peuple se comporter comme si on célébrait des sacrifices solennels, ce qu'on ne désire pas pour soi ne pas le faire à autrui* (L.Y. XII, 2).

C'était proscrire la négligence, le laisser-aller, la familiarité excessive, recommander le sentiment de la gravité et de la solennité du devoir *humain* dans les grandes et les petites choses. Ailleurs, il dit à Tseu-Tchang :

*Être capable de réaliser cinq choses dans le monde, c'est le* jen, *à savoir : le respect de soi, la magnanimité, la loyauté et la fidélité, la diligence, la bienfaisance... Alors, on peut diriger les autres* (L.Y. XVII, 6).

Il compare la nature du *jen* à celle de la montagne, qui se tient en son repos et dans sa tranquillité. Bien que ces comparaisons soient quelque peu imprudentes, on ne peut s'empêcher de penser aux versets des Psaumes bibliques où Dieu est comparé à un rocher. Le *Chang chou ta tchouan* (IIe siècle A.C.), lyrique, amplifiera cette comparaison et fera dire à Confucius :

*Qu'elle est haute la montagne ! Qu'elle est haute ! Que je l'aime ! La végétation y pousse ; les oiseaux et les animaux y vivent ; elle contient des richesses en quantité. Les biens appartiennent à tous. Tout le monde peut venir les chercher. Le vent et les nuages sortent de là pour établir la communication entre le ciel et la terre, l'union harmonieuse entre le* yin *et le* yang (cf. Tran Trong Kim, op. cit. p. 121).

Mais on peut encore donner du *jen* une définition *a contrario* : la médecine chinoise compare la paralysie à une absence de *jen*, c'est-à-dire à un état d'insensibilité. Le *jen* est si naturel ; il *n'est pas loin : qui le cherche l'a déjà trouvé* (L.Y. VII, 29). Il est près de l'homme et ne le quitte pas.

Il semble cependant qu'on entrevoie une limite à la vertu d'humanité du *jen*. Et cette limite la distingue de la sainteté, *cheng*. Tseu-Kong demanda au Maître :

– *Répandre ses bienfaits à tout le peuple, aider tout le monde sans exception, est-ce le* jen *?*

– *Est-ce encore le* jen *? repartit Confucius. N'est-ce pas plutôt la sainteté ?* (Les rois) *Yao et Chouen eux-mêmes avaient la douleur de ne pas y parvenir. L'homme du* jen *se tient ferme et affermit les autres ; il réussit et fait réussir les autres. Il juge par ce qu'il peut de près de ce qui convient au loin* (L.Y. VI, 28).

Cette limite du *jen* trouve au moins dans un cas une expression concrète. On demanda à Confucius :

– *Rendre le bien pour le mal, que pensez-vous de cela ?*

La réponse fut :

– *Et que rendriez-vous alors pour le bien? Il faut répondre au mal par la rectitude, au bien par le bien* (exactement : à la vertu par la vertu) (L.Y. XIV, 36).

Nous sommes ici loin du principe évangélique. Nous sommes loin aussi de l'*amour universel* que prônera Mö Ti (ou Mö-tseu) un peu moins d'un siècle plus tard. Non seulement il ne s'agit pas de tendre la joue, mais encore de ne pas se laisser duper. Seulement, il ne faut pas pour cela perdre la confiance qu'on doit avoir dans les hommes.

*Est vraiment sage celui qui, sans présumer d'avance qu'on cherche à le tromper ou qu'on se méfie de lui, est capable de déjouer au moment voulu les ruses* (L.Y. XIV, 33).

Et d'où tient-il ce singulier pouvoir ? S'agit-il ici d'un conseil de psychologie pratique ? Car la confiance appelle la confiance, comme on sait, et la méfiance la méfiance. Ou bien la prudence trouve-t-elle dans la vertu de l'âme le secret de son pouvoir ?

L'amour ici est un amour différencié, une sorte de justice distributive, distribuant le *jen*, qui va du proche au lointain sans doute, qui discerne ce qui est le toi et le moi, comme le remarque Granet, et non seulement le tien et le mien, mais qui semble prendre sa mesure et sa règle dans le texte de l'ordre social. Dans cette société il y a des relations cardinales : la relation entre prince et sujet sur laquelle toutes les autres semblent être calquées, relation entre maître et disciple, entre père et fils, entre mari et femme (TCH.Y. 20, § 3). Le *yi*, qu'on traduit souvent inadéquatement par *devoir*, *équité*, *justice*, signifie la justice distributive du *jen* à l'intérieur d'un système de relations interhumaines. On parlera ainsi du *yi* entre prince et sujet. Et aussi du *yi* de l'action opportune, c'est-à-dire accordée au *temps*, entendu dans un sens chronomantique.

Dans la réalisation du *jen* il y a des vertus, si l'on peut dire, de moyen, comme le *jen* serait une vertu de fondement. Encore que la distinction n'en soit pas bien sûre. Ainsi, la dernière des cinq vertus, *sin*, loyauté et fidélité dans la parole, qui a été comparée à une pièce essentielle d'un attelage et sans laquelle plus rien ne fonctionne (L.Y. II, 22). De même le courage, *young*, la prudence, *tche*, à peu près dans le sens de la vertu théologale chrétienne, et enfin la sincérité, *tch'eng* (TCH.Y. 20, § 3).

Nous trouvons de cette dernière une illustration amusante. Elle est visiblement comparée à un fond de teint. Tseu-Hia demanda à Confucius :

– *Un sourire agréable plisse élégamment les coins de sa bouche ; ses beaux yeux brillent d'un éclat noir et blanc. Un fond blanc reçoit des couleurs diverses* (Citation des Odes). *Que signifient ces paroles ?*

– *Avant de peindre il faut un fond blanc*, répondit le maître.

– *Cela veut donc dire que le rite présuppose la sincérité des sentiments* (L.Y. III, 8).

L'anecdote montre, en passant, que dès la période du *Che king* (VIII^e siècle A.C.), les femmes se mettaient du noir aux yeux comme elles le font aujourd'hui et comme nous savons qu'elles le faisaient au temps des Han. Mais ce sera au petit-fils du Maître de magnifier la sincérité :

*La sincérité est le commencement et la fin de toutes choses...* (TCH. Y., 25).

*C'est seulement celui qui possède la complète sincérité... qui développera complètement sa nature. Développant complètement sa nature, il développera celle des autres. Développant celle des autres, il développera celle des bêtes et des choses. Développant la nature des êtres et des choses, il coopère à l'œuvre de transformation et de vie du Ciel et de la Terre* (TCH. Y., 22).

La sincérité devient même, dans le même mouvement lyrique, la vertu du Ciel et de la Terre. Elle opère comme une action magique.

Également dans l'ordre des moyens – mais le rite a pris une telle importance qu'elle en devient presque une fin – nous avons le rite et la musique. Ils sont la manifestation à l'extérieur du « principe unique », sur le plan de la multiplicité de l'action humaine. Tseu-Kong, qui passait pour être élégant autant que disert – et cela n'est pas indifférent dans la conception confucéenne – nous dit :

*– On doit soigner l'extérieur comme l'intérieur. Une peau de tigre et de léopard ne se distinguent pas d'une peau de chien ou de brebis, si le poil en est raclé* (L.Y. XII, 8).

L'extérieur a une influence sur l'intérieur et celui qui porte des vêtements de deuil ou des habits de cour ou une tenue militaire ne se comporte pas de la même manière. Comme le *jen* est la substance du rite, le rite est la « réalité du *yi* (équité) ».

*L'action du rite dans la formation de l'homme est secrète ; elle prévient le mal avant qu'il n'apparaisse ; elle rapproche du bien et éloigne du mal d'une manière insensible, sans qu'on s'en aperçoive* (Li Ki, chap. King kiai).

La différence entre musique et rite, c'est que le rite distingue et la musique unit ou harmonise ; la musique pousse à la familiarité, l'amitié, l'union, l'épanouissement des sentiments, le rite au respect réciproque et à la distance. Ils ont un rôle complémentaire dans le maintien de l'ordre psychique et de l'ordre social.

L'humanité du *jen* n'est donc pas une humanité abstraite, ou quelque archétype platonicien, ou quelque chose qui reçoit son commandement d'un ciel inaccessible de la conscience dans la splendeur de sa solitude et dans la singularité de son aventure. Elle est le sentiment de la réalité et de la condition de l'homme au milieu des hommes. C'est dans la société, au sein de la civilisation, que l'humanité de l'homme s'accomplit. Confucius a dit son plaisir d'aller se baigner en compagnie à la source du Y, de chanter en chœur ; celui d'étudier ensemble.

*Étudier régulièrement, n'est-ce pas là un plaisir ? Recevoir des amis qui viennent de loin (pour étudier ensemble), n'est-ce pas là un plaisir ?* (L.Y. I, 1.)

Il conseille d'avoir des amis et des compagnons, d'avoir l'esprit de concorde, d'être ouvert à tous, mais de n'être pas partisan. Il croit à la perfectibilité humaine. Il ne distingue pas entre les catégories d'hommes (L.Y. XV, 38), et le mot *lei* ici pour dire *catégorie* pouvant avoir aussi le sens de *race*, on anticiperait à peine comme le fait Tran Trong Kim (op. cit. T.I, p. 207) en disant qu'il est antiraciste. Il admettait, dans tous les cas, à son école, des gens d'un village qui passaient pour ne pouvoir être amendés. Il parlait parfois d'aller prêcher sa doctrine chez les barbares. Il croit à la fraternité humaine. Au pauvre (et riche et courageux) Sseu-ma Niou qui se plaignait tristement : *Tout le monde a des frères. Je suis le seul qui n'en aie pas*, on dira à son école : *Entre les quatre mers, tous les hommes sont frères* (L.Y. XII, 5).

Il n'y a, dans tous les cas, pour l'homme pas d'autre voie.

*Qui peut sortir autrement que par la porte ? Qui peut marcher autrement que sur le chemin ?* (L.Y. VI, 15).

Et cet écho affaibli du futur : « Je suis la voie, la vie et la vérité » se charge pour nous, comme certains textes de l'Ancien Testament, d'un sentiment prophétique. Mais quelle est donc cette voie de l'homme, *jen tao*, quels accomplissements réclame-t-elle de nous, et, si l'on étudie, finalement qu'étudie-t-on ? Puisque aucun panneau indicateur d'un impératif catégorique ou d'un commandement divin ne se trouve sur cette voie. Les textes ici, parcellaires sans doute, et évoquant les débris d'un monument écroulé, ne sont guère explicites et font comme s'il s'agissait d'une chose entendue d'avance. Mais nous avons le droit de savoir quelle est cette chose entendue. Il semble bien que cela consiste à respecter les règles cardinales ou constitutives de la société (et naturellement Confucius n'en imaginait pas d'autres que celle qu'il connaissait et à partir de laquelle seulement il pouvait « idéaliser ») ; de respecter les dieux de la cité (dieu du sol et de la moisson), mais en les tenant un peu à distance ; en vue finalement d'assurer l'ordre et la paix, la conservation et la vie des hommes, des bêtes et des choses, leur production et leur reproduction. C'est dans cette œuvre modeste et grande à signification politique, que le *kiun-tseu* s'égale au Ciel et à la Terre, dans la perspective d'une mystique universiste. Et c'est en vue de ce rôle qu'il se forme. Le *Tchong Yong* nous dit, marquant bien, un peu comme Aristote, le parallélisme :

*L'activité de l'homme est politique ; l'activité de la terre est de produire la végétation* (TCH. Y., 20).

## *Et nunc, reges terrae...*

On pourrait tirer de Confucius un recueil de conseils et d'avis au Prince, ce ne serait pas un Machiavel. Nous sommes tellement habitués à voir en ce dernier un maître du réalisme politique que nous n'imaginons pas d'autres formes de ce réalisme politique. Nous sommes plus près de la vérité confucéenne en pensant au *Et nunc, erudimini...* que Bossuet jeta à la figure du Roi-Soleil.

*Le péril vient*, dit le Hi-tseu, *de ce qu'on se croit tranquille sur le trône, à en jouir ; la perte vient de ce qu'on est trop sûr de la possession ; le trouble vient de ce qu'on se croit dans l'ordre. Aussi, le* kiun-tseu *dans la paix pense à l'heure du péril...*

Il lui faut être prévoyant et vigilant. Car,

*Le ciel n'aime spécialement personne ; il soutient qui est vertueux ; le cœur du peuple est changeant ; il aime celui qui répand sur lui des bienfaits. Personne ne fait le bien de la même manière ; mais le résultat, c'est la paix et l'ordre. Personne ne fait le mal de la même manière ; mais le résultat ce sont les troubles* (Chou king).

La sanction, comme l'on voit, est immédiate. De la politique, Confucius donne une définition qui irait à l'encontre de la pratique de nos politiciens.

*La politique*, tcheng, *c'est la rectitude*, tcheng, dit-il, jouant sur l'homophonie des deux termes (L.Y. XII, 16).

La fameuse théorie de la *rectification des noms* veut d'abord dire un accord de ce qu'on dit avec ce qu'on fait.

*Si on est droit, on n'a pas besoin de donner des ordres pour être écouté. Si on ne l'est pas, on a beau donner des ordres, on ne sera pas suivi* (L.Y. XIII, 6).

Il faut que le *kiun-tseu*, l'être princier, soit, par son vertueux exemple, pour le peuple comme « l'étoile polaire qui se tient fixe en son lieu » (L.Y. II, 1). Sinon le peuple ne sait « où mettre les mains et les pieds », ou, comme nous dirions, sur quel pied danser. La loi, inscrite sur le bronze, comme on commençait à le faire peu avant le temps de Confucius, à Tcheng, pourrait sans doute tenir ce rôle. Mais, outre qu'elle favorise l'esprit processif, elle ne donne pas au peuple la honte de mal faire (L.Y. II, 3). Car, évidemment le contrôle ne pourrait s'exercer partout et la collaboration du peuple avec le pouvoir est nécessaire. Que ce qu'on lui demande de faire soit simple et clair. Et qu'on commence par le faire avant lui (L.Y. XIII, 1). Qu'on commence par peiner, sans jamais se laisser arrêter par la fatigue, avant de faire appel à son labeur. Ensuite, que faut-il faire ? Renversant le mot de Guizot : « Enrichissez-vous », Confucius dira : « Enrichissez-le ». Et après ? L'éduquer. Et, à tout prix, gagner sa confiance. Des trois choses qui font la force d'un état, l'économie, l'armée et la confiance du peuple, s'il y a quelque chose à sacrifier, il vaut mieux le faire pour les deux premières. Mais perdre la troisième est mortel (L.Y. XII, 7). Il faut assurer la justice et même l'égalité.

*Le prince ne doit pas craindre de n'avoir pas une population nombreuse, mais de ne pas avoir une (juste) répartition des biens. Il ne doit pas craindre d'être pauvre, mais de n'être pas dans la concorde* (L.Y. XVI, 1, § 3).

On ne saurait sans doute parler sans anachronisme, comme l'a fait M. Creel, de l'esprit démocratique du confucéanisme. Néanmoins, il n'est pas vain d'évoquer à son propos une certaine démophilie. C'est que le peuple n'était pas absolument sans défense. Le seigneur de l'Antiquité chinoise, à la différence du seigneur médiéval en Europe, n'était pas très bien protégé par son armure, faite d'abord de peaux de rhinocéros (dont la raideur l'empêchait même de saluer) et ensuite de lamelles de cuir disposées comme des écailles. Le peuple pouvait fuir un état pour aller vivre dans un autre. La crainte de n'avoir pas une population nombreuse était fréquemment exprimée. Il pouvait décider du sort d'une bataille en désertant, comme on l'a vu faire en Chine dans ces dernières années.

C'est pourquoi le *Chou king*, dès la haute antiquité, retentit des *vox populi vox Dei.*

– *Le Ciel a compassion du peuple ; ce qu'il désire, le Ciel le fait* (Chou King, Pt. I, ch. I, 7).

– *Le Ciel voit par les yeux de mon peuple ; entend par les oreilles de mon peuple* (Chou King, Pt. IV, ch. I, 7).

## Le juste milieu et le milieu juste

Au légendaire roi Chouen, son prédécesseur Yao aurait dit :

– *Eh bien ! Chouen, voici le temps fixé par le Ciel pour*

*votre accession au trône. En toutes choses, gardez le milieu* (tchong) (L.Y. XX, 1).

Confucius nous donne une idée de ce qu'est ce milieu :

*Que la voie ne soit pas suivie, je sais pourquoi : l'homme intelligent va au-delà ; l'imbécile est en deçà* (TCH. Y., 4).

Donc notre *juste milieu.* Pas d'excès. Pas de parti pris. Ne pas dire d'avance : ceci est possible, ceci impossible. En somme, un sage opportunisme conjugué avec un sage empirisme. Mais il faut sans doute chercher au-delà de ces préceptes leur sens, en faisant appel à des textes préconfucéens ou postconfucéens. Nous justifierons la méthode.

L'idée de *milieu* – de milieu juste – fait allusion à un état d'équilibre et d'harmonie de l'âme, établie dans sa justice et dans sa justesse. Les mouvements désordonnés de la sensibilité – des *sept sentiments* : joie, colère, tristesse, etc. – ne l'ont pas encore troublée. La sincérité la découvre dans sa pureté et dans son unité.

*Le cœur de l'homme est instable ; le cœur de la sagesse est subtil ; seulement par sa pureté et son unité, on peut se maintenir dans le milieu* (Chou king, Pt. I, ch. III, 15).

Cet état de l'âme est l'état connaissant par excellence : *sans pensée, sans action, silencieux, sans mouvement, ému, il pénètre la raison de l'univers.*

Il s'agit d'une perception de l'âme, qui ne peut fonctionner que dans certaines conditions. C'est la *lumière naturelle* dont parlera le *Ta Hio* (la Grande Étude). Elle exige même une certaine liberté de l'âme vis-à-vis de la pensée. Ainsi, on voit ici une subtile distinction entre âme et pensée, distinction qu'a vue également saint Augustin. Pour le bouddhisme, on le sait, ce que nous appelons « conscience » est justement nescience, ignorance, le produit de nos relations avec le monde illusoire des phénomènes et qui nous cache comme d'un voile invisible la Réalité transphénoménale. Mais la pensée chinoise est marquée davantage d'un souci pratique et politique.

*À tourner autour de la même pensée, tu ne peux être compris et suivi que de quelques-uns* (Y king).

Il faut faire le vide dans son âme et la méthode est connue de tous les mystiques.

– *Je voudrais ne plus parler*, dit Confucius à ses disciples.

– *Si vous ne parlez pas*, répliqua Tseu-Kong, *quels enseignements pourraient transmettre vos disciples ?*

– *Le Ciel parle-t-il donc ? Et pourtant, les quatre saisons suivent leur cours et tous les êtres se développent* (L.Y. XVII, 18).

Connaissance et action sont silencieuses. Il est vain et nuisible de se livrer aux disputes doctrinales et d'attaquer les doctrines adverses (L.Y. II, 16). Car, il est un état d'harmonie où :

*Les dix mille êtres se développent et se reproduisent sans se nuire les uns aux autres et les doctrines contraires pratiquées sans se heurter, où les petites vertus coulent comme des ruisseaux, où les grandes vertus développent et transforment* (les êtres et les choses). (TCH. Y., 30, § 2).

– *Pourquoi le monde se fait-il du souci ? Tous les chemins mènent au même endroit. Toutes les pensées vont au même but. Pourquoi le monde se fait-il du souci ?* (Hi-tseu).

Il y a là la description d'un état édénique de l'âme, de l'esprit, et du monde, par lequel la Chine rejoint la vieille nostalgie de toute l'humanité et participe à la même attente. L'âme est en accord et en communication avec le monde. Et le monde humain et le monde naturel pacifiés poursuivent la même destinée sous la houlette d'un *saint roi*, en qui il est aisé de reconnaître la figure du mage primitif. Mais cet éden est transporté dans le domaine de la connaissance, de l'action, de la politique et de la morale.

Dans cet état où nous sommes au centre, dans le *milieu juste* (le caractère *tchong* a signifié d'abord *pivot*), le sens du temps et du devenir et, comme dirait M. Lanza del Vasto, le « chiffre des choses », nous est révélé et nous pouvons avoir une action opportune et juste. On trouve ici une idée qui ressort très évidemment de l'esprit de la divination. Le mage est aussi un devin et comme les prophètes il sait l'avenir. Le temps ici est entendu dans le sens chronomantique de la divination. Il n'est pas un milieu neutre, mais activité et liturgie. Le devenir qui se poursuit en lui est transformation, mutation, alternance, écoulement et peut-être éternel retour.

*Quand il est au bout de lui-même, il se transforme ; se transformant, il coule ; coulant, il dure.*

Et durer, c'est la vie. Et le sens du devenir universel est de produire la vie.

Il faut voir tout cela derrière cette phrase un peu mystérieuse de Confucius où celui-ci semble retrouver l'idée taoïste du *non-agir, wou wei :*

*Sans rien faire* (wou wei) *et faire régner l'ordre, voilà ce que faisait Chouen. Et comment le faisait-il ? Il se tient en révérence et rectifie son visage tourné vers le sud ; c'est tout* (L.Y. XV, 4).

On peut parler ici, à bon droit, d'une conscience magique.

Cet état, dont nous avons parlé, n'est d'ailleurs nullement, si l'on peut dire, statique. Il représente une conquête. Il réclame une grande force d'âme. *L'action du Ciel est puissante. Le* kiun-tseu *doit être constamment fort.* Un effort perpétuel d'adaptation et de renouvellement lui est demandé. *Se renouveler chaque jour et encore se renouveler chaque jour* est une maxime inscrite sur la baignoire du roi T'ang. Nous retrouvons même une paraphrase de l'Évangile :

*Le Ciel, en créant les êtres, donne à chacun selon ses dispositions ; il ajoute à qui a déjà, renverse ce qui est penché* (TCH. Y., 17, § 2).

Au total, une morale de la volonté.

*On peut enlever un général à son armée, mais non à un homme sa volonté* (L.Y. IX, 24).

En faisant l'analyse de la notion de *milieu, tchong*, nous nous sommes servis de textes antéconfucéens et d'autres postconfucéens : d'une part du *Tchong Yong* (L'Invariable Milieu ou le Juste Milieu), ouvrage attribué au petit-fils de Confucius, et d'autre part d'un recueil de textes historiques, le *Chou king* et enfin d'un livre de divination, le *Y king*, en particulier de l'appendice *Hi-tseu*. Le *Chou king* était enseigné à l'école de Confucius, et il est parfaitement valable d'y recourir pour retrouver un reflet de la pensée du Maître. Le *Y king* retint son attention dans les derniers jours de sa vie ; il l'avait lu tant de fois qu'il avait rompu les lanières qui retenaient les planchettes de bois ou de bambou qui formaient son livre. Mais ce sont les parties de commentaire, les appendices appelés « ailes », qui sont les plus intéressantes. Elles sont attribuées justement à Confucius. Mais cette attribution est fort contestée par la critique savante. La thèse générale est que les idées exposées dans ces appendices appartenaient au IVe siècle A.C., que l'ouvrage a subi des interpolations nombreuses dues à des érudits et des faussaires des deux derniers siècles avant notre ère, au début de l'Empire Han, au moment où l'on entreprenait de reconstituer les livres brûlés lors de la proscription de 213 A.C. Mais c'est là une thèse générale ; il est difficile de la prouver dans les détails, et elle vaut, au surplus, pour tous les livres. Ainsi, la découverte de vases de bronze Tcheou, des premiers siècles du Ier millénaire A.C., portant des inscriptions, a permis de faire des comparaisons de style et de langue qui tendent à établir que le quart du *Chou king* seulement est authentique. Néanmoins, les citations que nous avons faites du *Louen yu* (les Entretiens), texte certainement le plus sûr (mais non entièrement sûr), montrent qu'il n'y a pas antinomie entre la pensée implicite ou en germe dans ce dernier ouvrage et la pensée plus ou moins explicitée – mais guère plus – des autres. Il ne conviendrait pas d'oublier que le *Louen yu* est un recueil de notes d'élèves, extrêmement brèves, fortement résumées, où les faits et les idées sont tout juste indiqués. De plus, Confucius, par souci pratique de son enseignement, évitait de traiter des questions trop générales et ne confiait pas volontiers sa pensée sur « la nature de l'homme et la Voie du Ciel ». Mais cela ne veut nullement dire qu'il n'en parlait jamais à certains. En réalité, une critique intérieure des textes, pour autant qu'elle est valable, indique que nous sommes en face d'un fond commun de pensée, d'un « fond institutionnel », dit Granet, qui conduit tout naturellement, et depuis avant Confucius, de la magie primitive aux spéculations de la métaphysique.

## La conscience magique

En quoi consiste cette conscience magique dont nous avons parlé ? La magie est action. Mais elle ne passe pas par le long chemin du mécanisme causal. Comme la science, elle vise à une action sur la nature. Ainsi a-t-on pu dire que les réflexions de Bacon sur la magie ouvrent la voie à la science. Mais la causalité dans la magie se modèle sur notre causalité interne ou psychologique. Un mouvement de notre volition se produit en nous, et notre bras remue ou déplace un objet. Elle se modèle aussi sur la causalité sociale. Nous prononçons un mot, le maître-mot, le mot magique, une parole de commandement, et les gens nous obéissent. L'homme primitif étend ces deux types de causalité à toute la nature. Elles ne sont pas les seules qu'il connaisse, car son action réelle sur les choses, bien que limitée, n'est en rien différente de la nôtre. Mais il amplifie dans l'émotion. Il surajoute à son action réelle une action de type psychologique et verbale, le verbe étant la meilleure imitation de l'action. Il voit donc des psychologies dans toute la nature et finalement il voit *une* (une seule) psychologie, et débouche dans un panpsychisme. La théorie chinoise de l'unité de l'univers vient de là. Et peut-être celle même que poursuit Einstein n'en est point radicalement différente. Il est tout aussi rationnel d'imaginer le monde comme pur chaos. Il s'agit d'un univers mystique, un univers d'âme, d'action et de volonté, l'univers indivisé de l'âme originelle.

Cet univers, tout coloré de magie, a l'invincible mystère des paysages entrecoupés de brumes et envahis de songes que nous présente la peinture chinoise. Il a débuté dans le chaos. Au fond de ce chaos demeure le *T'ai ki* (le Grand Faîte), dont le roi-pontife, le prince agricole semble être l'incarnation visible. Il tient son sceptre comme il tiendrait le pivot du monde. Les trois notions de *faîte*, de *pivot*, de *milieu* paraissent se confondre. De ce *Grand Faîte*, qu'on nomme aussi la *Grande Unité* procèdent les deux régulateurs, le *yin* et le *yang*, les quatre aspects, etc., dont la combinaison à l'infini crée tout le processus du devenir. À l'origine, ces deux « catégories » essentielles du classement des choses – forces ou principes, on ne sait – ont commencé par désigner le versant d'ombre et le versant de lumière d'une montagne. Devenant les principes d'explication du processus naturel, ils finissent par désigner le femelle et le mâle, l'impair et le pair, le froid et le chaud, le mou et le dur, etc., fondant un dualisme universel.

Le monde est devenir et changement, transformations (magiques), alternance. *Il coule jour et nuit sans jamais se reposer*, dit Confucius en regardant un fleuve, parlant comme Héraclite. Il est comparé à une porte qui *tantôt s'ouvre et tantôt se referme*, alternativement. *Il n'a pas*, dit le Hi-tseu, *de demeure ; il circule dans les six (régions) vides ; tantôt en haut, tantôt en bas ; tantôt dur, tantôt mou ; on n'y peut trouver aucune règle ; le changement seul lui convient.* Ce qui est au bout de lui-même se transforme : la défaite, par exemple, en victoire, l'apogée en décadence, selon une loi cyclique. Dans le mystère des transformations et des mutations s'opère la circulation d'un principe universel, cet *esprit voyageur (yeou k'i)*, un principe errant, qui traverse la vie et la mort. Si l'on connaît le secret de ces transformations, on connaît l'action des dieux. Et seul le saint le connaît, assis au centre de lui-même comme au centre de l'univers, comme le roi Chouen, la face grave tournée vers le sud. À celui-là le sens du temps est livré. Son action silencieuse, cachée et bienfaisante, s'étend sur les choses et les êtres. Le lyrique *Tchong Yong* nous en dit la grandeur, l'unité et la simplicité :

*La voie de la sagesse est large et secrète. Les hommes et les femmes ignorants peuvent la connaître ; mais la connaître à fond, le saint même n'y parvient pas ; les hommes et les femmes sans talent peuvent la pratiquer ; mais la pratiquer à fond, le saint même n'y parvient pas* (TCH. Y., 12).

Ou encore :

*La doctrine du sage se noue dans le cœur des simples, mais au bout elle atteint au Ciel et à la Terre* (TCH. Y. 12, § 2).

## Dieu et les dieux

Confucius – du moins dans le *Louen yu* – ne parlait pas volontiers des questions qui n'ont pas une portée pratique. Il n'en parlait que d'une manière implicite. À Tseu Lou qui l'interrogea sur la mort il répondit :

– *Vous ne savez pas ce qu'est la vie ; comment saurez-vous ce qu'est la mort ?*

Au cours du même entretien, Tseu Lou lui avait demandé comment il fallait servir les esprits et les dieux.

– *Vous ne savez pas comment servir les hommes. Comment sauriez-vous servir les dieux ?* (L.Y. XI, 11).

Il conseillait *de les respecter, mais de s'en tenir éloigné* (L.Y. VI, 20). Peut-être faisait-il allusion à un temps où, par suite d'influences barbares, chaque maison avait son dieu et son prêtre (sorcier ou magicien) et que les dieux vivaient avec les hommes dans une véritable promiscuité. Les anciens rois, nous apprennent *les Odes*, firent interdire ces pratiques, réservant le culte au Fils du Ciel et à ses délégués. Il recommandait d'offrir les sacrifices aux dieux comme s'ils y étaient effectivement présents (L.Y. III, 12). L'essentiel pour lui est ailleurs :

*Celui qui offense le Ciel (par une conduite blâmable), il ne lui sert à rien de faire des sacrifices* (L.Y. III, 13).

De sa propre vie il dit qu'elle est une prière constante. Des sacrifices à Dieu lui-même, *Ti*, le Seigneur du Ciel, l'Ancêtre primordial, il préféra avouer son ignorance :

*Je ne sais pas. Celui qui le saurait n'aurait pas plus de difficultés à gouverner le monde qu'à retourner sa main* (L. Y. III, 10).

Et il en fit le geste. C'était là une matière réservée. Il ne s'estimait pas plus avoir le droit d'en discuter qu'un chrétien de se prononcer sur les articles du dogme. Il devait partager simplement les croyances de son époque, héritées du passé, clarifiées par les saints rois. Et celles-ci, on les connaît. Du reste, il parlait assez souvent du Ciel, des dieux et des esprits, mais d'une manière allusive, comme de choses entendues d'avance. Dieux et esprits existaient en nombre incroyable : dieux tutélaires de la maison, du sol, du chemin, des monts et des fleuves, de la moisson, etc., et naturellement les esprits ancestraux. Quant aux rites des divers cultes, on sait quelle importance Confucius y attachait.

De la croyance chinoise en Dieu, nous trouvons des preuves irréfutables dans le *Che king*, le plus certain et le plus ancien des textes antéconfucéens.

*Grand est le Seigneur d'En-Haut... Il contrôle les quatre coins du monde, cherchant quelqu'un qui puisse établir son peuple. Les deux premières dynasties n'ont pas réussi à le satisfaire. Aussi, à travers toutes les principautés, il cherche l'homme à qui confier le pouvoir* (Che king, III, I, 7).

– *La puissante colère du Ciel insondable est ressentie partout dans le monde* (Che king, II, V, 7).

Dieu est *voilé dans l'obscurité* (Che king, II, V, 4 ; II, IV, 10 ; cité par Suzuki). On songe à ce qu'en dit l'auteur inconnu du *Nuage de l'Inconnaissance*, mystique du XIVe siècle anglais, de l'École de Saint-Victor. C'est bien évidemment notre *Deus absconditus*. Un poème de Kia Yi (198-166 A.C.), (que j'ai traduit naguère dans *Yggdrasil*), utilise l'image même dont s'est servi le mystique anglais :

*Sous le pin j'interroge l'enfant.*
*Le Maître est allé cueillir des simples.*
*Il me le montre dans la montagne parti.*
*Derrière les nuages profonds je n'en vois pas le lieu.*

On ne peut pas ne pas y reconnaître quelques-uns des thèmes familiers de la mystique chrétienne : celui de l'enfant, qui est la porte de la science, celui du remède pour guérir le siècle, celui du « nuage de l'inconnaissance ».

Dieu *n'a ni son ni odeur* (Che king II, IV, 8 ; III, III, 10 ; III, I, I). C'est un thème souvent repris par le *Tchong Yong* (l'Invariable Milieu ou le Juste Milieu), qui l'a approfondi, magnifié, sans véritablement l'expliciter. *Les trois rois sont au Ciel*, nous disent encore les Odes. Ou : *Le roi Wen évolue à droite et à gauche du Seigneur* (Ti). Nous voyons dans le *Chou king* (le livre des Documents), que dans les débuts de sa vie Chouen vivait près du Mont Li.

*Il allait dans les champs chaque jour pour crier au Ciel compatissant et à ses parents, prenant sur lui toute la faute et se chargeant de leur méchanceté* (Pt. I, ch. III, 21). Ou encore : *Les êtres spirituels n'ont pas d'offrandes qu'ils acceptent toujours ; ils n'acceptent que celles qui sont faites d'un cœur sincère.*

Mais le *Li Ki* (Mémoire sur les Rites) nous apporte une précision intéressante :

*(La cérémonie)* kiao *en l'honneur de Heou Ts'i* (l'ancêtre mythique des rois de Tcheou) *vise le Ciel ; le culte du roi Wen dans le Hall de Lumière vise le Seigneur d'En-Haut.* Le *Tchong Yong* (19) confirme : *Par les sacrifices* Kiao *et* chö *on rend hommage au Seigneur souverain.*

Le Hall de lumière, *Ming t'ang*, est le temple ancestral. Il vient du *bachelor house* (*andreion* en Grèce) des sociétés primitives, dans lequel se réunissaient les guerriers et les chasseurs primitifs. Au temps de Confucius, les expéditions en partaient encore et y revenaient. À travers tous les cultes, c'est donc bien Dieu qui est l'objet de l'adoration. La pensée chinoise est là-dessus suffisamment explicite. Il est impossible que celle de Confucius à ce sujet fût très différente. Il est vrai qu'il se servait plus volontiers du terme *T'ien* (Ciel) que de celui de *Ti* (Seigneur suprême). Mais le *Che king* les emploie souvent l'un pour l'autre.

## Nature de l'homme et décret du ciel

*On peut entendre*, dit Tseu-Kong, *le Maître parler de littérature. On n'a pas l'occasion de l'entendre parler de la nature de l'homme et de la Voie du Ciel* (L. Y. V, 12).

Cela veut dire au moins que ces problèmes sont dans les préoccupations de ses disciples. Le *K'ong-tseu Kia-yu* (les Propos de la famille de Confucius), qui semble amplifier des données antérieures succinctes, nous dit :

*Ce qu'on détache du* Tao *(la Voie), c'est le* ming *(le décret du Ciel) ; dans sa forme unitaire, c'est le* sing *(nature de l'homme) ; dans ses transformations par le* yin *et le* yang, *produisant des formes et des aspects, c'est la vie ; se transformant jusqu'au bout du lot dévolu, c'est la mort. C'est pourquoi le* ming *est le commencement de la nature de l'homme et la mort en est la fin. S'il y a un commencement, il doit y avoir une fin.*

La syntaxe confuse de la phrase la rend obscure. Nous n'avons pas voulu en diminuer l'ambiguïté. Ainsi, on ne sait si c'est le *tao* (voie), ou le *ming* (décret), qui a pris la forme unitaire du *sing* (nature, essence). Le contexte cependant nous guide. Le *ming* (décret du Ciel ou parfois décret du Seigneur), c'est le *tao* vu, non plus dans son mystère, dans sa réalité tranquille et abyssale, mais du point de vue de son action. Ce serait ce *décret* qui donne naissance à la *nature* ou *essence* de l'homme, laquelle a une forme unitaire ou une forme du point de vue de l'unité du principe dont parle Confucius. *Unitaire*, d'autre part, peut avoir deux sens : commun à tous les hommes, ou un avec le *tao* (comme dans le couple *atma-brahma*).

Confucius a dû attendre l'âge de cinquante ans pour comprendre ce qu'est le décret du Ciel. Et il l'a compris par cette connaissance non conceptuelle, qui fait de la vérité une certitude, qui est science et sagesse, méditation et vie, inaction silencieuse et action puissante. Il a compris, parce qu'il est au centre de lui-même, *tchong*, en accord avec la pureté et l'unité de sa nature première. Il a compris à la fois l'exigence morale impérieuse qui vient de sa nature et qu'il y a un ordre du temps que l'homme doit scruter avec révérence et auquel il doit se conformer et se soumettre.

*Que la voie soit pratiquée, c'est le décret ; que la voie soit abandonnée, c'est (aussi) le décret* (L. Y. XIV, 38).

## Intramondanité et extramondanité

Il est naturellement difficile de présenter d'une manière cohérente et systématique une pensée qui s'est refusée au système. Il l'est encore plus de la caractériser d'un mot.

On n'en peut rien dire qui ne soit quelque peu injuste. Il y a cependant une distinction chinoise qui paraît exagérément moderne et qui est traditionnelle : celle entre les doctrines intramondaines, *jou cheu* (exactement *d'entrée dans le monde*), et les doctrines extramondaines *tch'ou cheu* (de *sortie du monde*). Elle dessine la démarcation entre le taoïsme et le bouddhisme d'une part et le confucéanisme de l'autre.

Comme tous les classements, elle est commode sans plus. En réalité, il y a un fond commun de la pensée chinoise. Taoïsme et confucéanisme sont également préoccupés de politique. L'un et l'autre s'appuient sur une certaine conception de l'univers. Granet a montré que la distinction entre écoles est très malaisée. Toutes tendaient au syncrétisme et se donnaient comme une panacée. Mais il est vrai que les taoïstes se tenaient volontiers dans la retraite, ne croyaient pas à l'équité et aux rites et que Confucius courait le monde pour entreprendre de le réformer. Au cours de ses pérégrinations, on s'en souvient, il avait rencontré un certain nombre de *sages cachés*. Ceux-ci se classeraient dans la catégorie des *extramondains*. Il en existait sept de son temps. Les uns avaient fui, nous dit Confucius, le monde à cause de sa corruption, d'autres à cause des troubles, d'autres encore à cause d'un mot (L. Y. XIV, 39, 40). Entre eux et lui il y avait moins une différence de conception qu'une appréciation pratique différente de la situation. C'est par une volonté de limiter son champ que le confucéanisme apparaît si différent du taoïsme. À cet égard, *Tchouang-tseu* fait dire justement à Confucius : « Ces hommes (les taoïstes) se meuvent au-delà de la règle de la vie. Moi, je me meus dans les limites de cette règle. »

C'est sur le plan de la pratique morale qu'il faut juger Confucius. C'est là son fort. Sur ce plan, le confucéanisme représente une entreprise d'ajustement au monde. Le confucéen peut s'y conduire comme un héros. Son cœur n'est pas orienté vers l'au-delà du monde, vers les cimes vaporeuses où l'univers s'exténue ; vers ce quelque chose ou quelqu'un qui est lui-même, tout en étant plus que lui-même, par lequel, dans une étrange dialectique, son existence est confirmée, revalorisée, centrée et unifiée. Sa moralité semble manquer d'un noyau central et, comme l'a remarqué Hegel, d'une certaine intériorité.

Il lui manque une force unifiante, celle que donnent les « religions prophétiques ». La pluralité des âmes de l'individu dans la croyance chinoise est un symbole visible de ce fait. On pourrait en rapprocher un certain penchant aux superstitions. (Encore qu'on puisse appliquer aux superstitions la défense que Nietszche a faite du polythéisme, qu'il est le signe de la vitalité psychique.) Si le confucéen modère ses désirs, c'est dans la juste mesure empirique où ils l'empêchent de s'intégrer au monde. Il n'est pas comme le bouddhiste qui tue le désir pour échapper au monde ou comme le puritain qui le maîtrise pour soumettre le monde à Dieu. En ne s'attachant pas à un objet transcendant, il s'enferme dans le monde.

## Le caractère pratique de l'enseignement confucéen

Nous sommes tellement habitués à ce que toute morale soit une théorie de la conduite humaine qu'il est nécessaire d'insister sur le caractère pratique de l'enseignement confucéen. Il s'agit pour le Maître de Lou de réaliser effectivement dans sa personne et dans son action la vertu, la morale. Il ne lui suffit pas d'en convaincre l'esprit et la volonté. Il veut y entraîner tout l'être par un patient et méthodique travail. La vérité est mise au service de cette fin. Aussi les paroles des maîtres confucéens ressemblent-elles davantage à des exhortations qu'à des explications théoriques. Elles viennent à propos d'un fait, d'un geste.

Elles veulent posséder une force contraignante et libératrice. Elles sont animées par le sentiment d'une tâche difficultueuse, d'un devoir grave, d'une responsabilité, qui ne laissent pas de repos.

La langue chinoise participe à cette tâche, si elle ne la commande. Elle a une grande force de persuasion, de caractère musical. Elle comprend, en effet, des tons, lesquels se ramènent en dernière analyse, dans une phrase à une succession de temps forts et de temps faibles. Le caractère multivalent des mots, la syntaxe imprécise font des textes chinois des textes plus littéraires que véritablement philosophiques. Ils retiennent davantage de la force multivalente de l'émotion et de la polyphonie de la vie concrète. Une traduction chinoise en langue occidentale ressemble donc un peu à une traduction d'un vers d'Apollinaire en prose. Une comparaison des langues sinitiques avec les langues indo-européennes pourrait, sinon suggérer que toute pensée se réduit au langage, du moins imposer l'idée que bien des formes de pensée, ou ce que nous prenons pour telles, sont simplement des formes de langage, qu'elles sont, à proprement parler, sans *contenu*, qu'elles sont une auto-production du langage.

## Sectes et écoles

La féodalité chinoise mourut au milieu du IIIe siècle avant l'ère chrétienne. La dynastie de Ts'in fonda l'Empire en 221 A.C. et l'ancien comte de Ts'in prit le titre Che Houang-ti, *le Premier Empereur de Ts'in*. La dynastie dura peu, seulement jusqu'en 206 A.C. À la dynastie des Han revint le mérite de stabiliser le nouvel ordre des choses.

Pour mettre fin à toute opposition, pour réaliser l'unité morale de la Chine après l'avoir faite par le fer et le feu, pour extirper tout reste du passé féodal, le Premier Empereur, sur le conseil de Li Sseu, ordonna, en 213 A.C., que certains livres fussent livrés aux flammes. De cette mesure furent exceptés les livres de la Bibliothèque impériale et les ouvrages techniques (divination, médecine, agriculture, etc.). Mais les désordres qui accompagnèrent le passage de la première à la seconde dynastie semblèrent plus désastreux, la capitale où le Grand Empereur avait réuni d'inimaginables merveilles ayant été incendiée et pillée à plusieurs reprises. Les premiers siècles de Han, lorsque la proscription fut définitivement levée en 191 A.C., furent donc consacrés à l'activité érudite dont le but était de reconstituer les livres perdus ou abîmés. Cette situation favorisa naturellement les faussaires. Lieou Hiang et Lieou Hin, grands éditeurs de textes, ont été suspectés d'en avoir falsifié plusieurs. De plus, les livres de l'époque étant constitués de planchettes de bois ou de bambou liées entre elles par des cordelettes (peut-être étaient-ils aussi écrits sur soie ou papier de soie), si celles-ci se détérioraient, la confusion devenait inévitable. De là peut-être cet aspect décousu de nombreux textes. Enfin, les confucéens, après avoir été éloignés du pouvoir par les premiers empereurs, y revinrent bientôt en force, et le confucéanisme devint doctrine d'état. Conduite par eux, l'entreprise de reconstitution devait se faire à sens unique et aux détriments des autres écoles. Les « discours des cent écoles » devaient nécessairement en pâtir. Il est difficile de s'en faire une idée exacte.

L'historien Pan Kou (32-92 P.C.), dans le *Han chou* (Histoire des Han), partage les penseurs de la période féodale en dix groupes : *L'école des lettrés (les confucéens) – L'école du tao (les taoïstes) – L'école du yin et du yang (astrologues et géomanciens) – L'école des lois – L'école des noms (logiciens et sophistes) – L'école de Mö-tseu – L'école des diplomates – L'école des agriculteurs – L'école des conteurs – Les écrivains divers.*

Le classement, comme on le voit, n'a rien de méthodique. En réalité, la notion d'école, telle que nous l'entendons, n'a pas beaucoup de sens en Chine. Elle suppose une pensée de caractère systématique qui tend à prendre la forme d'univers fermés. C'est le cas de la pensée occidentale, de la pensée allemande en particulier. C'est aussi celui de la pensée indienne. Et cela prouve qu'il est un trait général du monde linguistique indo-européen et appartient aux langues flexionnelles. De même que la langue chinoise se prête mal à une conceptualisation rigoureuse et qu'elle ne favorise pas la logique, l'esprit chinois ne tend ni aux systèmes philosophiques, ni aux systèmes religieux. Il tombe naturellement dans l'empirisme et le pragmatisme et garde, du point de vue religieux, un contact avec ce que nous appelons la conscience magique, laquelle est au fond une mystique de l'action, avant même que d'être une mystique humaniste et une mystique universiste. Les contours des doctrines sont donc mal délimités. Il advient que des écoles ennemies s'empruntent des arguments et des pensées, dans une vue syncrétiste. Et plus encore des savoir-faire, des *know-how*, des procédés, des recettes. Comme pour le *gourou* hindou, mais dans un tout autre esprit, c'est en définitive la personne du maître qui est la caution de l'enseignement, qui porte en lui la sagesse mystérieuse, qui la *rayonne* autour de lui, exactement de la manière que le fait la vertu silencieuse du roi Chouen.

L'école est faite visiblement sur le patron féodal. On y entre comme dans une clientèle. Après un jeûne purificatoire, le disciple est admis à la table du Maître. Il devient son *men-jen*, l'homme qui se tient près du portail. C'est là que le Maître, regardant vers le sud, comme un prince, devant la deuxième cour intérieure, distribue son enseignement. Il s'établit entre disciple et maître un lien de vassalité. D'où la place importante que fait au maître le confucéanisme : elle vient après le prince et avant le père. Mais de même que les maîtres voyagent pour se rencontrer et rivaliser de talent, le disciple s'en va aussi courir le monde pour chercher des maîtres desquels ils pourraient tirer quelque recette cachée de science et de sagesse.

## Les origines

Il semble que toutes les écoles de pensée seraient parties à l'origine de deux fonctions, celle du *tchou* 祝 et celle du *cheu*. 史 Le premier était chargé des *affaires célestes*, le second des *affaires humaines*. Dans les attributions du premier rentrent les offices du culte, les prières, la divination, le calendrier ; dans celles du second, la notation, entre autres, des actes des rois, l'historiographie. En somme, il y eut d'un côté le prêtre (ou le sorcier), de l'autre le clerc ou le scribe. Au premier serait dû le *Livre des Mutations*, au second tous les autres classiques : *les Odes, les Documents, les Rites, la Musique*. Plus anciennement, sous la dynastie des Chang, il semblait que le *cheu* fût un compteur de points dans les exercices de tir. Ces scribes étaient choisis dans la dernière classe des nobles, *che* 士 (à ne pas confondre avec *cheu*), qui correspond à celle des chevaliers en Europe. Un fonctionnaire spécial, *sseu-tou*, était chargé de les recruter et de les envoyer dans les écoles de scribes.

Toutes les écoles se rangeraient dans l'une ou l'autre de ces deux tendances originelles ou résulteraient de leur combinaison. Ainsi, l'école de Confucius descend de celle des scribes (ou annalistes), l'école de *Mo-tseu* des deux, et le taoïsme recevant les courants les plus divers. Nous donnons ici un schéma inspiré de celui de M. Hsu Ti-shan, publié par le *Yenching journal* (déc. 1927, p. 259) et reproduit par Marcel Granet dans *la Pensée Chinoise* (p. 7).

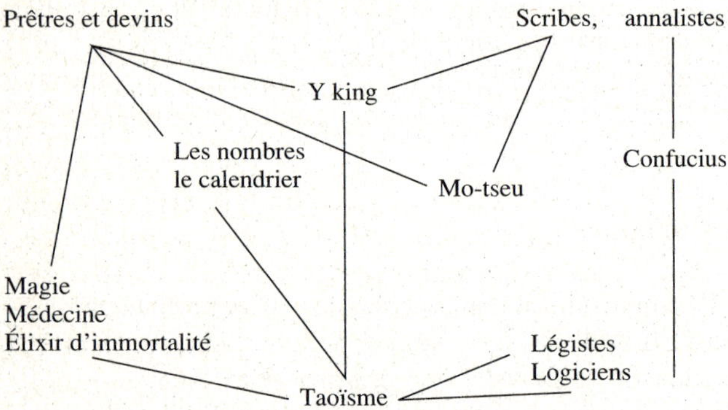


Il va sans dire que le schéma est quelque peu artificiel et qu'il ne dispense pas de parler des doctrines.

## Le taoïsme

Confucéanisme et taoïsme représentent les deux grands courants qui ont traversé victorieusement toute l'histoire chinoise. Nous avons montré qu'ils sortent d'un fond commun de naturisme. Mais le taoïste fuit le monde en vue de rechercher une liberté et une puissance personnelles qui sont celles de la nature. Il s'abîme dans le mystère de la nature. En cela il est différent du bouddhiste pour qui l'univers a la couleur de l'illusion, *maya*. Le taoïste représente la face d'ombre de la Chine, le courant souterrain de rêve et le mystère. Il débouche parfois dans la politique, comme dans le mouvement des *Turbans Jaunes* du IIe siècle. On y retrouve des préoccupations de médecine, de diététique, d'hygiène sexuelle, de magie, de recherche de la pilule d'immortalité (cinabre). Mais il a trouvé son expression mystique et métaphysique chez Lao-tseu, dans le *Tao Tö king* (la Voie et la Vertu), et chez un grand penseur et un grand écrivain, Tchouang-tseu.

Le personnage de Lao-tseu (le Vieux Maître) est très mal connu, ce qui ne contredirait pas à l'idéal taoïste de vie effacée et secrète. Son nom serait Lao Tan ou Li Eul. Maspéro avance l'idée qu'il aurait quelque lien avec un vicomte de Tan et des érudits chinois, confirmés par M. Homer Dubs et suivis par Duyvendak, en font le père du vicomte de Touan-Kan, général à Wei, vers 273 A.C. On le fait un contemporain plus âgé de Confucius, si l'on suit la tradition. La critique savante, s'appuyant sur l'analyse des idées, le situe aux confins du IVe et du IIIe siècle A.C. Le *Tao Tö king*, dont le titre daterait du VIe siècle P.C., semble être un bréviaire tardivement composé – environ deux siècles après notre ère, d'après Herbert Giles – c'est-à-dire après l'introduction du bouddhisme en Chine. À première vue, il paraît composite. La diversité des styles – de langue et de pensée – frappe immédiatement. Certaines parties peuvent avoir été des hymnes anciens, circulant dans certaines sectes mystiques, dérivant des vieilles écoles de divination. Beaucoup d'éléments semblent être empruntés au *Y king*. On y trouve la notion qu'on croit uniquement confucéenne de *milieu, tchong*. Ce qui prouve, une fois encore, l'existence d'un fond commun de la pensée chinoise. *Beaucoup de paroles n'épuiseraient pas le sujet ; rien ne vaut garder le milieu.* (Tao Tö king, v, texte établi par Duyvendak, Paris 1953). On y lit ce qui semble être l'aveu, selon le mot de Maspéro, d'un « mystique mélancolique ».

*Les autres se réjouissent joyeusement comme pour célébrer un grand sacrifice ou faire l'ascension d'une terrasse au printemps. Moi seul, je reste tranquille, comme un nourrisson qui ne sait encore sourire, abandonné comme quelqu'un qui ne sait de quel côté tourner. Les autres ont les biens en surabondance, moi, je suis comme quelqu'un qui a tout perdu. J'ai le cœur d'un imbécile et d'un niais. Les autres sont éclairés, moi, je suis dans l'obscurité. Les autres sont clairvoyants ; je suis myope, faible et pâle comme la lune à son dernier quartier, tournoyant comme si je ne savais où me tenir. Tous les autres excellent en quelque chose ; moi, je suis ignare comme un paysan. Je diffère des autres hommes en ce que je prise la nourriture de la Mère* (des dix mille êtres).

Le début décisif pour la compréhension de tout le reste, semble être un hymne ancien. Il montre le caractère abyssal du *tao* (la voie), sa nature supraconceptuelle et nouménale.

*La Voie qui peut être tracée n'est pas la Voie éternelle. Le nom qui peut être nommé n'est pas le nom éternel. Innommé, il est le commencement du ciel et de la terre. Nommé, il est la limite.* Le sinologue néerlandais Duyvendak a proposé récemment de ce texte capital une traduction différente : *La Voie vraiment Voie est autre qu'une Voie constante.* Il y voit une philosophie de l'alternance, s'appuyant sur une phrase du *Hi-tseu* : *Un yin, un yang, c'est le tao.* Mais cette phrase elle-même est susceptible de plusieurs interprétations. S'agit-il d'une addition *yin* + *yang* = *tao ?* ou d'une alternance : *un temps de yin, puis un temps de yang ?* Ou le *tao* est-il le milieu dans lequel se meuvent *yin* et *yang ?*

Le vrai grand homme du taoïsme est Tchouang-tseu ou Tchang Tcheou (2e moitié du IVe siècle A.C.), encore appelé le maître de Nan-hoa, du nom de la montagne où il avait établi sa demeure. Conteur d'une verve extraordinaire, son œuvre, à peu près authentique, est remplie du vent des grands espaces cosmiques de la poésie et de la métaphysique. Il ne sait s'il est un papillon qui rêve qu'il est Tchouang-tseu ou Tchouang-tseu qui rêve qu'il est un papillon. Le regretté philosophe et poète français Joseph Baruzi a tiré de cette pensée un très beau poème.

Le *Lie-tseu*, attribué à un personnage légendaire, Lie Yu-k'eou, est une compilation tardive, qui daterait de la fin du IIIe siècle A.C. Elle comprend depuis l'époque Han huit sections, dont la septième au milieu du IVe siècle A.C. consacrée à une curieuse figure, Yang-chou. Pessimiste, nihiliste, pour lui tout est vain. Le plus grand sage ne pourrait commander même à un seul mouton. Le légendaire roi Yu qui usa le poil de ses jambes au service du peuple, à endiguer les eaux débordantes, est tout aussi fou que les tyrans Kie et Tcheou qui s'usèrent dans le mal. Le néant de la mort les confond.

Le taoïsme est riche en thèmes poétiques. On le trouve donc dans un poète comme K'iu Yuen (ca 332-295 A.C.), ou même chez un penseur et un homme d'état confucéen, doublé d'un poète, Wang An-che (1021-1086), considéré comme le père du socialisme chinois. Les thèmes des îles paradisiaques, de la terrasse des immortels où ils boivent, du pêcheur solitaire perdu dans les brumes et les flots sont souvent traités dans la peinture chinoise.

## L'école de Mö-Tseu

Mö Ti ou Mö-tseu, Maître Mö, a joui, au début de ce siècle d'un soudain regain de popularité dans les milieux intellectuels chinois. Ils y voyaient une pensée plus proche de celle de l'Occident par le théisme et par l'humanitarisme. Ils y verraient volontiers un ancêtre de Rousseau.

Mö Ti serait presque un contemporain de Confucius, et on a parfois réuni dans un même groupe, *jou mö*, les deux écoles. Mais, en réalité, le confucéen Mencius, un peu plus tard, se plaindra amèrement du grand nombre de partisans de Mö Ti. Il vécut entre 480 et 400 A.C. Il prêche l'amour universel, *kien ngai*, l'égalité des biens, *kien li*, assurée par un despote qui appliquerait rigoureusement la loi. Il condamne la guerre et la gloire militaire. On évitera tout luxe et on mènera une vie simple et économe. Il y a là un utilitarisme un peu court, à orientation économique. La doctrine de Mö Ti n'en a pas moins inspiré le totalitarisme des légistes et donné naissance à une secte rigoureusement organisée, comparable à la terrible secte des *haschischins* de la Perse. Une anecdote peint Mö Ti assez bien. On lui demanda pourquoi il se mettait en peine de courir après les hommes.

– Une jolie fille demeure à la maison et se garde de sortir. On la recherche.

– Nous vivons dans un siècle corrompu. Pour rechercher une jolie fille il y a foule... Pour rechercher les gens de bien, il n'y a pas grand monde. Aussi faut-il faire violence aux gens pour se faire écouter.

L'ouvrage qui porte son nom, le *Mö-tseu*, reproduit assez bien le mouvement de ses sermons. Il prêchait auprès des classes populaires et montre que le peuple commençait à entrer avec le temps de Confucius dans l'histoire.

## Les légistes

On parle beaucoup ces derniers temps des légistes, du moins en Europe, probablement à cause du développement des régimes totalitaires. On fait remonter la doctrine à Kouan Tchong, l'un des ministres de Ts'i, au VIIe siècle A.C., que Confucius avait à la fois critiqué et louangé. Il ne semblait pas plus que son successeur, Yen Ying, se préoccuper des rites et du passé. Ses préoccupations seraient surtout économiques. Malheureusement l'ouvrage qui porte son nom, *Kouan-tseu*, serait un faux tardif.

Enfin, peu avant le temps de Confucius, le Premier ministre de l'état de Tcheng, Tseu-tch'an, pour des raisons, semble-t-il, surtout fiscales, en même temps qu'il entreprit vers 542 A.C. des réformes agraires et militaires hardies, ordonna qu'on gravât, vers 535 A.C., les lois sur les chaudières. Par les deux mesures, il souleva une vive indignation de l'aristocratie féodale. Par contre, il gagna la sympathie du peuple. C'était un homme dont Confucius citait le nom avec respect. Ces réformes semblèrent être le résultat de la pression des circonstances extérieures qui contraignaient le petit état à rechercher plus de vivres et de troupes.

Mais les grands noms de l'école légiste, *fa kia*, apparurent plus tard.

Kong-suen Yang (ou Wei Yang) vécut au IVe siècle A.C. Ministre à Ts'in, il aurait eu le mérite d'y avoir aboli (ca 359) le régime féodal. Mais il eut un destin tragique. Nommé seigneur de Chang, en 340 A.C., après un succès militaire, il fut écartelé plus tard par suite de la vengeance d'un prince héritier devenu duc, à qui il avait imposé le respect de la loi. Le *Chang-tseu*, qui lui est attribué, contient des pièces de dates diverses. Il a été traduit par Duyvendak sous le titre *The book of Lord Shang*. Il ne montre aucun respect pour les coutumes des Anciens. Il ne croit pas à la bonté originelle de la nature humaine. Réaliste politique, dans le sens moderne du mot, impérialiste, il était pour l'absolutisme du prince contre les nobles, pour la loi et l'épée.

La figure de Yen Wen-tseu est encore moins bien connue. Il vécut vers la fin du IVe siècle A.C. Sa situation idéologique même est confuse. On pourrait le rattacher aussi bien à l'école des Noms, à Mö-tseu autant qu'aux légistes. Et les taoïstes eux-mêmes parlent de lui avec indulgence. « Se libérer des coutumes, mépriser les ornements, ne pas être inattentif aux individus, ne point s'opiniâtrer contre la foule... », telle fut la règle suivie par Maître Yin Wen. On voit par lui qu'il y a un lien entre l'art de nommer, de qualifier et celui de légiférer.

De tous les légistes, le plus connu, parce que le plus proche de nous, est Han Fei tseu, ou Maître Fei de Han. Il naquit vers 280 A.C. de la maison princière de Han, l'un des trois états nés de la scission de Tsin. Il aurait suivi l'enseignement de Siun-tseu, le plus remarquable esprit de filiation confucéenne. Il servit d'abord à Han, puis il alla vers le *far-west*, à Ts'in, comme Yang de Wei (Wei Yang), comme beaucoup d'hommes de l'époque qui commençaient de voir en Ts'in le futur maître du monde chinois. Le futur Premier Empereur conçut pour lui de l'admiration, bien qu'il fût, semble-t-il, bègue. Mais il mécontenta son condisciple, un autre légiste, le Premier ministre, Li Sseu. Il fut contraint de se suicider en 233 A.C. Pour lui aussi, l'importance est non aux saints rois, mais aux saintes lois. Il était partisan de la publicité et de l'impartialité des lois. Il n'aurait pas admis comme Confucius que le fils ne dénonçât pas le vol du père, ni qu'il désertât pour venir le soigner. Il avait une conception rationnelle et moderne de l'économie et de la technique.

L'esprit du légisme montre qu'à travers les luttes féodales se dégageait une Chine nouvelle. La lutte que Confucius mena contre les nobles s'est conclue finalement en faveur des princes. Mais dans les petits états prévalut un idéal moral de ritualisme archaïsant. Les grands états, pour des raisons militaires, imposèrent des mesures révolutionnaires qui affectaient le caractère d'un socialisme fascisant. Le légalisme convenait davantage au gouvernement des choses qu'à celui des hommes. Une conception totalitaire de l'État se formait comme l'État prussien pour Hegel.

## L'école des noms (logiciens et sophistes)

L'idée de la correction des dénominations remonte à Confucius. Et le grand empereur Ts'in Che Houang-ti, lorsqu'il uniformisa l'écriture, les roues des voitures, les mesures, inscrira sur les stèles : *J'ai apporté l'ordre à la foule des êtres et soumis à l'épreuve les actes et les réalités : chaque chose a le nom qui lui convient.* Nommer, qualifier, c'est aussi légiférer. Et bien des légistes comme Yin Wen relèvent également de cette école, quand ils ne ressortissent pas à Mö Ti. On reconnaît d'une part des logiciens et d'autre part des sophistes. Hou Che (récemment ambassadeur à Washington du régime chinois de Formose), leur a consacré un livre, *The development of logical method in ancient China*, paru en 1922...

Les deux plus connus des sophistes furent : Houei Che et Kong-souen Long. Tous les deux étaient originaires de Wei, où le premier servit même comme ministre du roi Houei (370-319). Les dates sont plus contradictoires pour le second.

On trouve dans cette école des discussions à l'infini sur la grande unité, *ta t'ong*, et la petite différence, *siao yi*, qu'on a beaucoup de mal à saisir. Certains paradoxes rappellent d'une manière étonnante ceux des sophistes grecs comme celui de la flèche « qui vole et ne vole pas », à laquelle Valéry a fait un sort dans un poème célèbre, paradoxe destiné à montrer le caractère de divisibilité à l'infini de l'espace. Le paradoxe du bâton qu'on coupe à l'infini (à quel moment cesse-t-il d'être un bâton ?), ressemble à s'y méprendre à celui du tas de sable que connaissent tous les élèves des classes de philosophie. À mon avis, il ne faudrait pas écarter la possibilité d'influences grecques. Nous étions au temps où Alexandre remuait le monde et renouait les communications entre l'Orient et l'Occident. Mais d'autres paradoxes ont un caractère indigène plus marqué. Par exemple :

*Le cheval blanc n'est pas un cheval ; – une montagne est aussi plate qu'un marais ; – le soleil, quand il atteint son midi, atteint son couchant ; – le sud s'étend sans limite et a des limites ; – aujourd'hui je vais à Yue, j'y suis arrivé hier ; – la grandeur extrême qui ne laisse rien en dehors d'elle, c'est l'un, la petitesse extrême qui ne laisse rien en dedans d'elle, c'est aussi l'un.*

De Houei-tseu, Tchouang-tseu dit qu'il « écrivit de quoi remplir cinq charrettes, mais son savoir était spécieux et ses paroles sans portée ». Quant à Kong-souen Long, il était imbattable dans la discussion mais ne convainquait pas profondément. Le vertige dialectique dont ils furent saisis ne se communiqua pas aux Chinois.

## Les politiciens

Les politiciens, spécialistes de politique étrangère, ne sont pas loin des logiciens. Ils sont les théoriciens d'un système d'alliances, *tsong-heng*. Les Ligues du Nord au

Sud, *tsong*, étaient dirigées contre Ts'in ; les ligues de l'Ouest à l'Est étaient animées par Ts'in. Le *Tchan kouo ts'ö* (Discours des Royaumes Combattants), les montrent d'une manière vivante en action. On rencontre parmi eux des bouffons, des musiciens, des historiographes, des astrologues, des commerçants, enfin des idéologues de toutes sortes. Sou Ts'in et Tchang Yi, tacticiens de la politique, peu scrupuleux, avaient inventé l'art de séduire, de flatter. Chen Pou-hai, qui fut ministre de Han au IV^e^ siècle A.C., semble être un théoricien de la vieille théorie magique de l'opportunité. Notre époque aurait beaucoup à apprendre d'eux. Ou ils eussent eu beaucoup à apprendre de nous.

# Deux mille cinq cents ans de confucéanisme

## I. Les premières générations

La mort de Confucius nous fait sortir de la période de *Printemps et Automne* (722-480 A.C.). Nous entrons dans celle que les historiens chinois considèrent comme la plus sombre de leur Antiquité, la période des *Royaumes Combattants* (403-221 A.C.), intellectuellement la plus féconde de l'histoire chinoise.

Période d'intense brassage des classes, des populations, des races. Des régions non chinoises au sud du fleuve Bleu ou des régions mal sinisées entrèrent dans la vie chinoise. Les états féodaux, de plus en plus, prirent la figure d'états nationaux, analogues à ceux de l'Europe après la Renaissance et après la Révolution française. Ils engagèrent les uns contre les autres une lutte sans merci. La nation armée remplaça peu à peu les milices féodales, peu sûres et de médiocre efficacité. Le conseil privé remplaça le conseil féodal. Les conseillers privés venaient de partout. Ce fait fut certainement à l'origine de la fermentation idéologique. Comme signe de l'âge nouveau, tous les princes prirent le titre de roi, jadis réservé au Fils du Ciel. Le rôle des clans nobles semblait achevé. La classe qui remplit de leurs bruits et de leur rumeur les deux siècles et demi avant l'Empire fut la même que celle à laquelle appartenait Confucius : intellectuels, idéologues, experts, techniciens, bateleurs, charlatans, aventuriers de tous ordres, prêts au rôle de conseillers de tous les princes, de tous les états qui voudraient bien les employer. Certains princes en entretenaient jusqu'à trois mille. Au prince paternaliste des petites cours féodales se substitua le tyran des grands états impérialistes. L'Empire prenait forme. Les leaders opposés de la Confédération chinoise étaient jusqu'alors : Tsin au Nord et Tch'ou au Sud-Est. La lutte pour l'hégémonie va se circonscrire entre ce dernier pays et Ts'in dans le *far-west* chinois, auquel reviendra finalement l'Empire, tous les deux états excentriques et d'origine barbare.

À la fin du deuil réglementaire de trois ans, les disciples de Confucius se dispersèrent. Certains entrèrent au service des états du Nord-Est chinois : Lou, Ts'i, Wei. Aucun ne semble avoir eu une carrière remarquée. D'autres, réunis d'abord autour du tombeau du Maître, au hameau de K'ong-li, fondèrent des écoles. On en comptait sept. On connaît la personnalité de la plupart d'entre eux par les apparitions furtives qu'ils font dans les *Entretiens*. Tseu-Tchang était franc, loyal, courageux, généreux, savant, mais « il ne saurait, au dire de Tseng-tseu, conduire les autres vers l'humanité ». Tseu-Hia était élégant et disert. Il obtint du duc Wen (423-387 A.C.) de Wei de créer un collège de docteurs (de « lettrés au vaste savoir »), pour l'étude des classiques. Sa préoccupation était surtout littéraire et ritualiste. De son école sortirent les deux commentateurs de la chronique *Printemps et Automne* : Kong-yang Kao et Kou-leang Tch'e. Mais ce fut Tseng-tseu qui eut la postérité spirituelle la plus connue.

### *Tseng-tseu l'héritier*
### *(Ve-IVe s. A.C.)*

Au dire même de Confucius, Tseng-tseu n'était pas un homme doué d'une grande perspicacité. Il semblait quelque peu tatillon et d'esprit étroit. Mais il avait un grand sérieux et un sentiment profond de la responsabilité morale du *kiun-tseu.*

*Le disciple de la sagesse ne peut pas ne pas avoir un cœur grand et résolu. La charge est lourde et la route est longue. L'humanité est la charge, est-ce que ce n'est pas lourd ? La porter jusqu'à la mort, est-ce que ce n'est pas long ?* (L.Y. VIII, 7.)

À l'heure de sa mort, il fit venir ses amis pour leur montrer que son corps était intact. C'était là une vérité importante qu'il avait à leur communiquer, avec la sincérité, dit-il, « de la plainte de l'oiseau à l'heure de sa mort ». Il fallait, pour lui, rendre intégral à la tombe ce corps qu'on a reçu au berceau des parents. Son enseignement portait, en effet, sur la piété filiale. Il y cherchait un moteur de l'action humaine, un moyen d'entraîner les hommes dans la voie de la vertu.

*Notre corps est la forme qui nous reste de nos parents. Agir avec ce corps qui nous reste d'eux, est-ce qu'il ne faut pas le faire avec respect ? Ne pas se comporter avec dignité, c'est manquer de piété filiale. Ne pas servir son prince avec fidélité, c'est manquer à la piété filiale. Ne pas se conduire avec loyauté avec ses amis, c'est manquer à la piété filiale. Se montrer lâche au combat, c'est manquer à la piété filiale.*

Malraux a remarqué qu'un Chinois ne se sent atteint que dans sa famille. C'est la preuve de la réussite de Tseng-tseu. On lui attribue, à lui ou à son école, la recension du *Louen Yu.* Celui-ci, tel que nous l'avons, comprend aussi une partie due aux disciples de Yu-tseu. À Tseng-tseu reviendrait aussi la confection du *Ta Hio* (la Grande Étude) et du *Hiao King* (le livre de la Piété filiale). Il enseigna à Lou à la fin du v^e^ siècle A.C.

### *Tseu sseu et le milieu juste (Fin v^e s. A.C.)*

À la mort de Tseng-tseu, Tseu Sseu prit la tête de l'école. Son nom est K'ong Ki. Il était le petit-fils de Confucius. C'était à lui que le Maître disait : « Petit enfant, pourquoi n'étudiez-vous pas *les Odes ?* Elles vous élèvent ; elles vous apprennent à voir, à vous lier aux autres hommes, à servir votre père et votre prince, à connaître les oiseaux, les animaux et les plantes (L.Y. XVII, 9). On le croit touché par le taoïsme. En réalité, sa pensée semble assez proche de celle exprimée dans les commentaires du *Y king*. Il prône la vertu du milieu, *tchong*, l'équilibre et l'harmonie. Il fait l'éloge de la sincérité, qu'il élève à la dignité d'une vertu métaphysique, étant celle même du Ciel et de la Terre. C'est un lyrique et assurément un des grands écrivains de l'école. Son œuvre est centrée sur cette idée, d'origine magique, que la vertu a une action silencieuse, étant en accord avec l'action céleste. Citant le *Che king*, il dit :

*Les Odes disent : « La vertu est (légère) comme un duvet. Le duvet même a du poids. Mais l'action du Ciel n'a ni son ni odeur. »*

Son œuvre comprenait vingt-trois chapitres. Mais, il n'en reste que celui qui porte le titre de *Tchong Yong*. On le traduit généralement par *l'Invariable Milieu* (*tchong* = milieu, centre ; *yong* = constant, facile), d'après la propre explication de Tseu Sseu et la glose du philosophe de la dynastie de Song, Tchou Hi (1130-1200 P.C.). Malgré cela, je traduis : *le Juste Milieu*, mais en donnant à *Juste* son double sens, traduction qui n'aurait que le mérite de parler davantage au public français.

Il vivait encore, peut-être centenaire, dans les dernières années du v^e siècle A.C., lorsque le duc Mou de Lou accéda au trône. Il était fêté à la cour.

## *Mencius et la bonté de l'homme (372-289 A.C.)*

Mencius, on l'a deviné, est la forme latinisée de Möng-tseu. Son véritable nom est Möng K'o, son surnom Yu. Il naquit à Lou, en 372 A.C., le deuxième jour du quatrième mois et mourut en 289 A.C., le quinzième jour du onzième mois. Orphelin de père à moins de trois ans, il dut son éducation à une mère, attentive à l'éloigner de tout mal. Habitant près d'un marché, elle avait remarqué qu'il imitait volontiers le langage des poissonnières. Aussitôt, elle changea de lieu d'habitation. Il avait des dons d'éloquence. Après avoir voyagé dans plusieurs pays du centre et de l'est chinois, à Ts'i, à Song, à Leang, pour prêcher sa doctrine, il se retira, n'ayant point réussi, avec quelques-uns de ses disciples comme Yo-tch'eng K'o, Kong-suen Tch'eou, Wen Tchang, pour noter les entretiens qu'il avait eus. Cela nous fait des textes bien rédigés et d'une certaine ampleur. De pensée fort séduisante, son œuvre a pris une importance considérable du fait qu'elle a été rangée au XII^e^ siècle dans les classiques par Tchou Hi.

Il croit comme Rousseau à la bonté originelle de l'homme et eut une longue discussion à ce sujet avec Kao-tseu. Pour celui-ci, la nature humaine n'est ni bonne ni mauvaise. Elle est comme le bois d'un arbre dont on peut faire une cuiller ou une coupe, ou comme l'eau qu'on peut diriger à volonté vers le nord ou le sud. Mencius reprit l'argument et dit que l'eau a une nature, qui est de couler vers le bas. Elle ne fait autrement que lorsqu'on contrarie sa nature.

Il conseillait de veiller à préserver la spontanéité du cœur. Si on connaît bien son cœur, on connaît la nature de l'homme. Et connaissant celle-ci, on connaît aussi le Ciel. Le grand homme, *ta jen*, « garde le cœur rouge de l'enfant ». On le fait en pratiquant l'humanité et les rites. Il faut limiter ses désirs, avoir une vie simple. Il y a en nous un pouvoir spontané de bien faire, *leang neng*, et de bien connaître, *leang tche*. Toute la science et toute la sagesse consistent à retrouver ce qui a été perdu, à rassembler ce qui a été dispersé.

Il est le premier à opposer avec fermeté la noblesse du cœur à la noblesse sociale, à déclarer que le « peuple est noble et le prince peu de chose ». Il montrait beaucoup d'indépendance d'esprit vis-à-vis des princes de son temps. Il se présenta un jour chez l'un d'entre eux. Celui-ci lui fit dire de revenir le lendemain. « Demain je serai malade », fit-il. Le prince le reçut. Il lui expliqua alors que si, en tant que sujet, il lui devait l'obéissance, l'ordre des droits et des devoirs est inversé, lorsqu'il s'agissait de lui, en tant que conseiller et maître de sagesse. À lui et non à Confucius on peut appliquer sans inexactitude le qualificatif de démocrate. Il a dégagé la pensée chinoise de l'esprit magique et de l'esprit féodal.

Pourtant, il s'opposa à l'amour indifférencié de Mö-tseu et à l'individualisme nihiliste de Yang-chou. Pour lui il y a un ordre dans l'amour comme un ordre dans la société. Ceux qui travaillent de l'esprit ont le droit d'être nourris par ceux qui travaillent des mains, et même de leur commander. Il répondait ainsi aux partisans de l'école de l'agriculture qui voulaient que tout le monde prît une part égale au labeur agricole. Il était contre le goût à l'uniformisation des légistes et maintenait les droits de la diversité humaine dont l'ordre social était l'expression.

Son œuvre donne un écho intéressant des préoccupations économiques de son époque. À ce sujet, il ressuscita le système de partage des terres appelé *tsing* des temps primitifs. Ce système consistait à partager la terre en neuf lots rectangulaires égaux, cultivés en commun chacun par un certain nombre de familles ; seul le produit du lot central revenait au seigneur. Mais ce qui était une nécessaire distribution du travail collectif dans les communautés agraires primitives devient chez lui une manière de socialisme utopique. Comme il était éloquent, qu'il cherchait à convaincre, il est assez difficile de se faire par lui une idée exacte de ses contemporains. Il avait abusivement simplifié, lorsqu'il présentait Yang-tseu et Mö-tseu de cette manière : « Yang part du pour soi. S'arracher un seul de ses poils pour faire le bonheur du monde, il ne le ferait pas. Mö aime indifféremment tout le monde. Il userait le front et le talon pour le bonheur du monde. »

En réalité, il relève de la meilleure tradition de l'humanisme confucéen. Il l'a rationalisée et libérée des ombres et des prestiges de l'universisme magique du *Y king*. Sa pensée est très proche de celle des penseurs du XVIII^e^ siècle français. Il est bien connu que la Chine a exercé une influence sur cette époque de la vie française.

### *Siun-tseu ou l'homme surmonté (CA 315-230 A.C.)*

Siun-tseu était plus jeune de cinquante ans environ par rapport à Mencius. Sa naissance aurait eu lieu entre 315 et 310 A.C. et sa mort vers 230 A.C. Il aurait donc vécu environ quatre-vingts ans. Son nom est Siun K'ouang. On l'appelle encore Siun King, Siun le Ministre, ou Song King. Il avait assisté aux événements décisifs qui mirent fin au monde féodal et préparèrent l'Empire. Moment de passage crucial dans l'histoire de la Chine. Né à Tch'ao, il voyagea à Ts'i vers 265 ou 260 A.C., puis vers 255 à Tch'ou où il aurait pris une fonction. Son influence aurait été déterminante dans le confucéanisme du début. Elle est détrônée depuis le XII^e^ siècle de notre ère par Mencius. Il a été assez attaqué et injustement par les réformistes chinois de la fin du XIX^e^ et du début du XX^e^ siècle, qui rêvèrent de retourner au confucéanisme originel dans sa simplicité, en vue sans doute d'y retrouver un reflet de Rousseau et de Montesquieu. En réalité, il représente peut-être l'esprit le plus vigoureux de l'école confucéenne. On ne sait à quelle branche des disciples de Confucius le rattacher. On a dit que c'était à celle de Tseu-Hia. Mais il s'est exprimé sur ce dernier maître et sur quelques autres avec beaucoup de violence, dans le chapitre *Fei che erh tseu* (Contre les douze Maîtres).

*Suivre la voie du (roi) Yu et imiter Chouen, voilà ce que font les misérables lettrés de l'école de Tseu-Tchang. Soigner sa tenue et veiller à composer son visage, ne rien dire de toute la journée, voilà ce que font les misérables lettrés de Tseu-Hia. Craintifs et n'osant rien faire, sans honte et aimant à manger et à boire, en prétendant que le* kiun-tseu *ne doit pas travailler de son corps, voilà ce que sont les misérables lettrés de Tseu-Yeou.*

Par contre, il mit très haut, à l'égal de Confucius, Tseu-Kong. De ce dernier et de Confucius ensemble il disait : « *Ils n'avaient pas un bout de terrain où planter un pieu, mais les princes et les ducs ne pouvaient se comparer à eux pour la gloire... Ils étaient des saints hommes qui n'avaient pas rencontré des circonstances favorables.* » (Chap. Fei che erh tseu.)

Son œuvre comprend trente-deux chapitres. Mais seuls quatre d'entre eux paraissent venir de sa main. Comme pour Mencius, son œuvre contient une partie importante de polémique, à travers laquelle nous pouvons nous faire une idée de la vitalité intellectuelle de l'époque.

Accentuant l'élément positif chez Confucius, il sépare l'action de l'homme de celle du Ciel. Il est vain de s'occuper de ce que veut le Ciel. Il ne croit pas que le Ciel récompense le bien et punit le mal. L'homme ne doit pas s'occuper de la tâche mystérieuse du Ciel. Il lui suffit de penser à la sienne.

*Au lieu d'honorer le Ciel il vaut mieux s'occuper de produire les richesses pour ses besoins. Au lieu de suivre le Ciel et de le louanger, il vaut mieux utiliser son décret à nos propres fins. Au lieu d'espérer et d'attendre le temps, il vaut mieux utiliser son temps.*

Il attaqua vigoureusement les croyances et les superstitions de son époque, la croyance aux « signes » des temps. Il n'y a rien d'extraordinaire dans les éclipses, les comètes et les météorites. Les prières publiques pour obtenir la pluie ne changent rien au temps. Mais elles ornent l'action des hommes. Seulement le peuple y voit l'action des dieux. Il ne croit pas à la chronomancie, au temps faste et au temps néfaste. Nous n'avons pas à faire l'œuvre du Ciel, comme le voudrait un Tseu Sseu, ni à vouloir nous égaler à lui. Nous avons à faire la nôtre. Sur ce point au moins, il semble donc s'éloigner d'une partie de la tradition confucéenne concernant les relations entre l'homme et le Ciel. Il se rapproche des légistes, dont deux sont venus de son école : Fei de Han et le futur Premier ministre du Premier Empereur, Li Sseu.

Son esprit positif s'opposait à la dévotion religieuse de Mö-tseu, aux savantes discussions des sophistes sur la qualification (*Le cheval blanc n'est pas un cheval*, etc.) et aussi à la théorie de Mencius sur la limitation du désir. Le désir est un fait naturel. On ne peut ni le limiter, ni le supprimer. Sa force ou sa faiblesse varient avec le tempérament. Mais on peut le canaliser, le soumettre à la haute juridiction du Cœur et de la Raison. La Raison habite au centre du Cœur. Nous avons ici pour la première fois une psychologie positive de la connaissance. Celle-ci semble résulter de la perception des sens. On croit voir aussi une théorie de la mémoire. La Raison, *li*, a le pouvoir de rassembler les apports des sens, que retient la mémoire, et d'en dégager ce qui est essentiel. Elle est comme le Prince au milieu de son peuple. « Il voit tout ensemble, écrit Granet, dans la raison un produit de l'activité de l'homme... et un principe d'objectivité. »

L'erreur vient d'une vue incomplète. *Le péril pour l'homme vient de ce que la partie cache (le tout) du Grand principe*. Par l'influence réciproque de toutes choses, tout ce que nous faisons, toutes nos habitudes nous entraînent ou nous inclinent. Elles empêchent l'activité synthétique et juridictionnelle du *Cœur* ou, comme nous dirions aujourd'hui, de la conscience. C'est pourquoi le sage, sachant tout le péril qui guette le Cœur, suspend au-dessus de toutes les choses, de la pensée du passé et de l'avenir, de ce qui est lointain et proche, de son propre vouloir même, le *tao* comme une balance juste qui maintient la vie unitaire du tout, l'ordre et la hiérarchie entre les choses.

Il ne croit pas à la bonne connaissance immédiate, *leang tche*, de Mencius. Il croit qu'il y a en l'homme des virtualités que l'éducation doit actualiser. L'action synthétique de l'esprit est le fruit de l'étude, du travail. Elle est le produit du travail humain, l'œuvre millénaire de la civilisation humaine qui discipline le désordre naturel. Aussi rend-il sa place, une place éminente, au rite et à la musique. Toute connaissance pour lui, du reste, se vérifie dans l'action.

Par bien des traits, on pourrait rattacher Siun-tseu aux légistes. Mais par son humanisme, surtout par la croyance à l'homme supérieur, il se rattache finalement au confucéanisme.

## II. La reconstitution des livres et la constitution de l'orthodoxie

Durant les deux derniers siècles qui précédaient l'Empire, les cadres de la vieille société féodale s'étaient disloqués. Ce fait a libéré une grande énergie intellectuelle. Que restait-il de la féodalité au début de l'Empire ? Il est malaisé de le savoir. On sait que pendant deux cents ans deux familles d'antique descendance, Wang et Tcheng, refusaient encore de donner leurs filles aux empereurs.

Lieou Pang, devenu le Premier Empereur de la dynastie de Han n'est pas comme le Premier Empereur de la dynastie de Ts'in, sorti d'une maison féodale. Il est sorti du peuple, un batelier, disent certains, un homme « vêtu de toile ». Sa carrière a modestement commencé, au dernier rang, dans une des milices de l'époque. Il n'eût pu réussir sans l'immense vide que laissa en tombant le Premier Empereur de Ts'in, dont la politique autoritaire ne convenait pas au tempérament d'un peuple paysan. L'Empereur Han a réussi, parce qu'il était un paysan lui-même.

Il ignorait les confucéens, qui venaient d'être victimes de la répression de Che Houang-ti. Leur penchant au passé ne pouvait le séduire. Toutes sortes de superstitions, de cultes, de mythes avaient envahi l'empire, à la faveur de son élargissement. L'impératrice Lu, femme intelligente et cruelle, était intéressée par les taoïstes, ou du moins par l'élixir de longévité. Mais les confucéanistes disposaient de cadres instruits, tout prêts pour l'organisation d'un minimum de bureaucratie requis par le gouvernement d'un grand empire. Ils disposaient d'une doctrine de gouvernement qui correspondait aux besoins d'un régime stabilisé.

– Sire, dit un lettré confucéen à Kao-tsou, le Premier Empereur des Han, vous pouvez gagner l'empire à dos de cheval, vous ne pouvez le garder sans une doctrine.

Mais c'est seulement avec le troisième empereur, Wou-ti (141-87 A.C.), que les disciples du Maître de Lou parvinrent à asseoir leur autorité. Toute l'activité érudite, en outre, qui suivit la fin de la proscription des livres, fut compliquée par la découverte de textes en *kou-wen* (écriture ancienne). De grandes discussions naquirent de la comparaison entre ces derniers et ceux en *kin-wen* (écriture moderne). Elles furent tranchées en faveur des seconds. Ou plutôt elles ne le sont pas encore aujourd'hui. En 136 A.C., un édit impérial fonda un collège de confucéens, divisé en cinq sections, chargée chacune de l'étude d'un classique. En 125 A.C., fut inauguré le régime des examens, cette *examinocratie*, comme dit Renan, qui devait répandre avec elle l'orthodoxie, l'une et l'autre dangereuses pour la vitalité de l'esprit.

L'époque montrait dans tous les domaines une vigueur extrême. On la sent à voir la force et le mouvement des chevaux Han, sur nos fresques, hennissant, piaffant, cavalcadant ; chevaux venus sans doute du lointain Ferghana, avec lesquels Wou-ti étendit son empire à l'ouest, jusqu'aux marches du monde romain (pensant même un moment à y pénétrer). Par la route de la Soie, la Chine entrait en communication avec l'Occident. Les preuves en sont multiples. La sculpture en ronde-bosse a une parenté certaine avec celle d'Assyrie. L'alchimie serait venue de Mésopotamie. Le *T'ien Han-chou* (le livre de la dynastie des Han antérieurs) présente une image curieusement exacte du monde romain. On y lit l'histoire des consuls romains qui gouvernaient à tour de rôle. Des jongleurs sont venus au temps de Marc-Aurèle, probablement de Syrie. Un autre jongleur était venu d'Arabie. Comme pour le sud de l'Inde et de l'Indochine, on a trouvé sur la côte cantonaise, aux environs de notre ère, de la monnaie romaine (surtout d'Antonin le Pieux). On sait que l'empereur Tibère dut prendre à Rome des mesures contre la soie et la cotonnade pour empêcher l'évasion de l'or. La richesse de l'empire est prouvée par un fait : en 123 A.C., après un raid victorieux contre les Huns, l'empereur distribua à ses troupes 50 000 kilos d'or. Et pourtant c'était déjà le moment où l'empire, pour soutenir des expéditions lointaines, commençait à recourir à la dévaluation monétaire. Une preuve que la paysannerie était forte, c'est qu'elle était ménagée dans les mesures fiscales. Plutôt que de créer une taxe sur les terres, on a préféré imposer les véhicules et les bateaux, touchant ainsi la classe des marchands. Ce seront même des difficultés de trésorerie qui feront tomber l'empire Han. La laque était fort répandue, et on a retrouvé le nom de deux artistes sur des objets de laque découverts en des endroits éloignés les uns des autres comme Ourga et la Corée. On a trouvé des articles analogues également en Afghanistan. La musique semble connaître depuis la période féodale des influences grecques. Les danseuses, comme on le voit par les figurines en terre cuite, portaient de longues et larges manches qu'elles remuaient au son de la musique. Le harnachement du cheval par le poitrail, qu'on sait être de si grande importance dans la transformation de l'Europe médiévale, était déjà reproduit sur les bas-reliefs. L'année solaire fut calculée avec précision : 365 385/1539 jours solaires. La découverte de taches solaires précéda celle que fit Galilée en 1613. Un séismographe très sensible fut inventé. Le football était utilisé dans les armées. Un coffret de laque nous montre comment les femmes se maquillaient : le bleu aux yeux, le rouge aux joues, une mouche au bord des lèvres. Le grand poète Sseu-ma Siang-jou († 117 A.C.) nous donne une idée de la splendeur des palais et des parcs impériaux, aux colonnes incrustées de jade, avec des cornes et des murs ornés de pierres précieuses, du bois sculpté, peint et doré. Et lui contemplant amoureusement l'impératrice de la haute Terrasse aux Orchidées, parmi le parfum des arbres inconnus, les cris des paons et le hurlement des singes. Il n'y a pas de raisons de ne pas supposer que dans un empire ouvert à tant d'influences le bouddhisme ne fût pas déjà venu. Mais un empire puissant ne recherchait peut-être pas encore les consolations du quiétisme bouddhique. Il faut attendre pour cela ces temps sombres qui suivirent la chute des Han.

### *L'orthodoxie et la théorie des présages*

Voilà le temps, l'*environnement*, dans lequel Tong Tchong-chou va entreprendre de fixer la figure du confucéanisme officiel.

Il naquit vers 175 et mourut vers 105 A.C. Il était originaire de la région de Pékin. Il étudiait surtout la chronique de *Printemps et Automne*, en vue d'y trouver des précédents politiques, une manière de jurisprudence. Il aboutissait naturellement à une interprétation scolastique de l'histoire, qui permettait au corps des lettrés confucéens, détenteurs de cette science, de remplacer l'ancienne noblesse, de s'interposer entre le peuple et le prince, comme étant à la fois l'interprète de l'histoire, de la volonté du peuple et de celle du Ciel. Il fut l'initiateur d'une théorie artificielle, dangereuse et paralysante de la tradition, qui conduisait tout autant au formalisme qu'à une falsification de l'histoire. Ainsi, le devoir sacré de réprimande du vassal devint le droit de censure du lettré auprès de l'empereur.

Contrairement à Confucius, qui refusa de parler des signes et des miracles, il inventa une théorie des signes du Ciel, théorie qui découle d'une certaine interprétation du *Y king*, et de la doctrine, mal connue, de l'école du *yin* et du *yang* de Tseou Yen, du IV^e siècle A.C. Mais elle prend ici nettement le caractère d'une pratique politique. « Bachoteur », il débuta dans la vie par une brillante composition littéraire, au concours institué par Wou-ti à la première année de son règne pour le recrutement des « lettrés au vaste savoir ». L'empereur fut satisfait de cette composition et lui proposa à la suite deux autres sujets. Il rédigea aussitôt deux nouvelles compositions. La pensée en est faible, mais la rhétorique artificieuse et brillante.

*J'observe*, écrit-il, *les relations entre le Ciel et la Terre et les hommes. Cela m'inspire une grande frayeur. Lorsque l'État est près de sa ruine, pour avoir perdu la Voie, le Ciel lui envoie des réprimandes sous la forme de calamités. S'il ne se réexamine pas (en vue de s'amender), le Ciel fait alors apparaître des phénomènes étranges et néfastes pour lui faire peur. S'il ne se corrige pas, alors la chute est imminente. Le Ciel a donc à l'égard des princes une grande bonté. C'est pourquoi il se donne la peine de les avertir.*

Il proposa la fondation d'un collège pour former les lettrés, où ceux-ci seraient nourris et éduqués. Ceux qui sont capables devraient être directement élevés aux hauts postes, sans passer par la voie de l'ancienneté.

Malgré sa tendance politicienne, Tong Tchong-chou n'exerça pas de fonction importante. Il se rattacha au confucéanisme par le fait qu'il prônait le gouvernement par la bienfaisance *(jen)* et l'équité *(yi)*, le rite et la musique.

### *Le courant métaphysique et syncrétiste*

S'ils ont moins d'importance dans l'orientation du confucéanisme officiel, les autres penseurs de la dynastie de Han sont, à maints égards, plus intéressants. On reconnaît chez eux des tendances taoïstes, sinon même déjà bouddhistes. Nous avons donné plus haut un poème significatif de Kia Yi (p. 107). Son livre, le *Sin chou* (le *Nouveau Livre*), est remarquable par la beauté du style et la netteté de la pensée. Il eut une grande influence à la cour de Wen-ti (180-157 A.C.) et fit adopter la couleur jaune comme couleur impériale. Les dates de sa naissance et de sa mort sont respectivement : 198-166 A.C. Il est par conséquent légèrement antérieur à Tong Tchong-chou.

Lieou Ngan († 122), apparenté à la maison impériale, est l'auteur du *Houai-nan tseu* (le Maître de Houai-nan). Il avait réuni autour de lui un certain nombre de philosophes. Son œuvre est le reflet de leurs discussions. Elle représente une encyclopédie des connaissances de l'époque, comparable au *Lu che tch'ouen ts'ieou* de Lu Pou-wei († 235 A.C.) à la fin de la période féodale. Elle porte la marque de tendances taoïstes.

### *Yang Hiong l'obscur ou le devin*

Yang Hiong est né en 53 A.C. et serait mort entre 14 et 20. Il était originaire de l'actuel Tchengtou, dans le Sseutchouan. Il exerça une fonction importante sous l'interrègne de Wang Mang (9-24 P.C.), considéré comme un usurpateur par l'histoire officielle. Yang Hiong n'avait que mépris pour la science des glossateurs de son temps. Sa pensée s'inspirait du *Y king* et peut-être aussi du *Tao Tö king*. C'est dire qu'elle n'est pas dans la pure ligne de l'orthodoxie confucéenne. Son livre, le *T'ai Hiuan king* (le Classique du Grand Mystère), où il exposa ses idées métaphysiques, est obscur. C'est un livre de divination. Le fait qu'il a été présenté orgueilleusement comme un classique, avait provoqué, au moment de sa parution, la risée des lettrés. On opposait la prétention de Yang Hiong à la modestie de sa carrière. Il y répondit par un pamphlet disant que les hommes de génie (« les esprits saints »), ne pouvaient être utilisés que dans les temps troublés, qu'alors il n'y en aurait pas assez, mais que dans les temps calmes ils étaient forcément réduits à l'inaction. Rien d'étonnant à ce que, malgré sa science, il n'eût pu trouver à s'employer convenablement. Lieou Hin, célèbre éditeur de textes confucéens, et peut-être un peu faussaire, après avoir lu le *T'ai Hiuan* dit à son auteur :

– Vous perdez votre temps et votre peine. Les gens maintenant étudient pour avoir des avantages matériels. Ils ne comprennent déjà pas le *Y king*. Que voulez-vous qu'ils fassent du *T'ai Hiuan ?* J'ai bien peur que la postérité ne s'en serve pour envelopper les récipients de sauce de haricots.

Yang Hiong sourit mais ne répondit pas. L'historien Pan Kou critiqua aussi son orgueil. La postérité lui fut moins ingrate que ne l'avait prévu Lieou Hin. Le grand historien de la dynastie de Song, Sseu-ma Kouang, (1019-1086), environ mille ans plus tard, prit sa défense. Le livre était alors introuvable. Il avait fallu, à Sseu-ma Kouang, des années avant de le trouver. Il le lut une vingtaine de fois avant de le comprendre. Mais enfin, il s'écria : « Maître Yang est un grand lettré... Même Mencius et Siun-tseu ne peuvent se comparer à lui. » Son autre livre,

*Fa yen* (la Parole de la Loi), veut imiter dans sa forme aphoristique le *Louen yu* de Confucius. C'est dire qu'il avait l'ambition de s'égaler au grand Sage de Lou.

### *Wang Tch'ong l'esprit fort*

Avec Wang Tch'ong (27-97 P.C.), nous quittons la tendance mystique et métaphysique pour retrouver de nouveau l'esprit positif d'un Siun-tseu. Il avait une jeunesse pauvre. Souvent, il allait lire chez les libraires de la capitale à Loyang. Il était calme, tranquille, solitaire et réfléchi. Il remplissait une fonction très modeste correspondant à celle d'un employé de bureau dans un des services officiels. Son *Louen heng* (Discours sur l'action) comprend 30 livres et 85 chapitres. Un autre ouvrage, *Louen sing* (Discours sur la nature de l'homme), est malheureusement perdu.

Il ne croit ni à Dieu ni aux dieux. Reprenant l'ancien terme de *wou-wei* (non-agir), qui appartenait, comme on l'a vu, au langage commun du taoïsme et du confucéanisme, il lui donne une acception nouvelle. Le Ciel produit les êtres sans le vouloir, par un processus qui lui est naturel. C'est pourquoi il est dit *non agissant*. Il n'a pas de pensée. Car, pour les avoir, il faudrait posséder les cinq sens. Le Ciel se trouve à des distances si éloignées de nous qu'il ne peut s'occuper de ce que nous disons ou pensons. Il ne fait donc pas arriver le bonheur ou le malheur selon que nous nous conduisons bien ou mal. Son argumentation procède d'un matérialisme assez vulgaire.

*Les partisans de la théorie des présages*, dit-il, *déclarent que l'homme est dans l'univers comme le poisson vit dans l'eau... Mais le poisson n'agite l'eau qu'à une petite distance autour de lui. Au-delà d'un stade, tout reste tranquille. Notre action est comparable à celle d'un poisson. Elle ne peut pas émouvoir le Ciel.*

Les revenants, les fantômes, les apparitions diverses sont le produit du *yang* ; comme il leur manque le *yin*, ils ont des aspects, *siang*, mais non pas de formes stables. Aussi, ils paraissent et disparaissent instantanément. D'ailleurs, ils sont le produit de nos illusions, dues à des maladies ou à des préoccupations excessives. Ainsi Pö-Yo, étudiant les chevaux, ne voyait plus que des chevaux partout.

Par contre, il croit à la destinée. Nos réussites dans le monde n'ont pas de rapport avec le talent et la vertu ; elles sont prédestinées, inscrites d'avance dans notre nature, produit de l'action non intentionnelle du Ciel. Aussi peut-on lire la destinée sur la physionomie. Par exemple, Che Houangti avait le nez proéminent, des yeux longs, les épaules d'un épervier, la voix d'un loup, etc... Aussi était-il brutal et ingrat.

Il ne professe aucune admiration pour l'Antiquité. Cette admiration pour lui vient simplement de ce que les hommes dédaignent ce qu'ils voient et sont impressionnés par ceux dont ils entendent parler. Puis les écrivains brodent volontiers. Il croit à l'expérience, aux résultats, aux preuves.

À mesure que la pensée chinoise s'éloigne des vieilles conceptions magiques, elle se rapproche du positivisme. Elle n'y procède pas à la manière systématique des philosophes, mais selon celle des moralistes français du XVII$^{e}$ siècle, qui se fondent sur la réflexion et l'observation quotidiennes. Bien qu'elle fût une réponse au confucéanisme officiel, en particulier à la théorie politique des présages et des avertissements célestes, la pensée de Wang Tch'ong procède du même esprit. L'autre plateau de la balance est fourni par Yang Hiong, dont la pensée dérive de l'universisme magique du *Y king*. Visiblement, la pensée chinoise sort difficilement de ces deux thèmes fondamentaux. Un spiritualisme véritable lui sera fourni par l'Inde.

## III. Le Moyen âge et la période d'éclipse

La chute de l'empire romain au v^e^ siècle ouvrit, on le sait, l'ère des invasions barbares et de l'émiettement féodal du pouvoir, au sein duquel s'organisa peu à peu l'équilibre médiéval de l'Europe. Un semblable phénomène se produisit en Chine après la chute de l'Empire Han. Mais ici, selon un ordre inverse, les invasions barbares firent suite au morcellement. Les quatre siècles de relative stabilité des Han furent suivis pendant cinquante ans par la période dite des *Trois Royaumes* (220-280). La Chine fut divisée en trois états : Wei au nord et au nord-est, avec Loyang comme capitale (220-265) ; Wou dans le sud-est et le sud avec Wou-tch'ang d'abord et Nankin ensuite comme capitales (222-280) ; et Chou dans l'ouest et le sud-ouest avec Tchengtou comme capitale (221-264). Cette période est rendue célèbre par un roman du même nom, de la fin du XIV^e^ siècle, duquel émerge avec un relief extraordinaire la figure de Ts'ao Ts'ao, poète et père de poète, politique rusé et grand homme de guerre. L'unité de l'empire fut rétablie d'une manière précaire pour encore environ un demi-siècle, entre 265 et 316, par la dynastie de Tsin. Puis vint la période dite des *Six dynasties* (316-590) : six dynasties nationales au sud du fleuve Bleu, mais quatre dynasties barbares (au moins), dans le nord, ces dernières d'origine turque, mongole ou mandchoue. Pour plus de deux siècles, la Chine du Nord était le boulevard des Barbares. À la même période, on sait que des nomades de même origine, les Huns, ravagèrent de l'autre côté du monde l'Empire romain.

Si tragique que fût pour la vie des individus le bouleversement né de la chute d'un grand empire, il avait quelque effet favorable pour le renouvellement de la pensée et le progrès de la civilisation. Toute l'architecture d'orthodoxie créée par Tong Tchong-chou pour asseoir le pouvoir de la classe des lettrés confucéens s'écroula. Écartés du pouvoir, dans l'âge des condottieri, ils étaient prêts à chercher la consolation dans des horizons plus vastes et plus secrets que ceux du confucéanisme officiel et à accueillir des idées nouvelles.

Le bouddhisme vint à point nommé. Il y a des raisons de faire remonter à plus haut qu'on ne le fait d'ordinaire la date de son introduction en Chine. On pourrait la situer aux environs du IVe siècle A.C., après la conquête par Alexandre du bassin de l'Indus et après la formation d'un empire indo-scythe dans l'Asie Centrale. Étant donné l'esprit missionnaire dont il fit preuve dans la suite, il eût été surprenant qu'entre le VIe siècle A.C., date de sa naissance, et le début de notre ère, le bouddhisme n'eût pas cherché à atteindre la Chine, que l'empire bouddhique d'Açoka (274-236 A.C.), qui avait gagné Ceylan au bouddhisme, n'eût pas rayonné jusque dans le Royaume du Milieu. Enfin, les marchands chinois qui naviguaient dans l'océan Indien entre 128 A.C. et 6 P.C. ne pouvaient pas n'avoir pas rapporté de Ceylan quelque chose de la religion qui dominait la grande île. Toujours est-il que vers 65 P.C. nous trouvons une petite communauté de moines bouddhiques bien établie dans la partie nord du Kiangsou, près de l'estuaire du fleuve Bleu ; elle était placée sous la protection du frère même de l'empereur. Et le décret impérial, publié à cette occasion, donnait déjà l'exemple de la transcription chinoise des termes du sanscrit.

Mais la traduction des textes ne vint qu'avec l'arrivée du prince parthe que les Chinois nomment An-che-kao, entre 148 et 170 P.C. Né pour le trône, il y avait renoncé pour l'amour de sa foi. Arrivé à Loyang, il y trouva déjà une communauté bouddhique. Son activité s'exerçait de la capitale à la côte. La traduction du sanscrit en chinois se faisait curieusement par personnes interposées. Un Hindou récitait les sutras et les expliquait ; un Parthe les traduisait comme il pouvait oralement en chinois à des Chinois qui comprenaient comme ils pouvaient et les traduisaient de leur mieux par écrit.

Pour traduire des concepts, jusque-là étrangers aux Chinois, les premiers bouddhistes se servirent d'une terminologie empruntée au taoïsme. C'est ainsi qu'ils furent longtemps pris pour des représentants d'une secte taoïste. Inévitablement, il se produisit une contagion des idées et des méthodes de l'une à l'autre de ces deux doctrines.

Le progrès du bouddhisme ne cessa pas du IIIe au IXe siècle. Dès le IIIe siècle, le paysage chinois se couvrit de ces reliquaires à plusieurs étages qu'on appelle les stupas. Elles en demeurent aujourd'hui un des traits caractéristiques. Des missionnaires venaient du Cachemire, de Ceylan, de la Sogdiane, de Java, du Vietnam, du Cambodge, etc., principalement, semble-t-il, de l'Iran. Ils apportaient avec eux les deux écoles du bouddhisme : le *Mahayana* (le Grand Véhicule) et le *Hinayana* (le Petit Véhicule). Cette ouverture de la Chine à des influences extérieures était comparable à celle de la Chine aux influences occidentales de notre temps.

Elle a des conséquences dans tous les domaines de la vie ; la médecine, les mathématiques – la découverte de la trigonométrie par Lieou Houei date de 263 – l'astronomie, la musique, la linguistique, la phonétique et la littérature. Exactement comme aujourd'hui, les Chinois sont obligés de créer une nouvelle terminologie pour traduire *électricité, tien k'i, atome, yuen-tseu*, etc., ils créèrent alors, d'après le Japonais Ogihara, sept mille termes nouveaux. Parfois, ils rendaient les termes étrangers phonétiquement, d'une manière approximative. Le plus intéressant est qu'en face de nouvelles idées ils furent amenés à réfléchir sur les leurs et, en face d'une langue structurellement différente, à mieux prendre conscience des problèmes de la leur. C'est ainsi qu'avant le v^e siècle furent classifiés les quatre tons et inventé un système de représentation phonétique par Chen Yue (441-513). Celui-ci apparut dans deux dictionnaires, l'un publié en 543, l'autre achevé en 609. Ce qui en reste nous permet de nous faire une idée de la prononciation du chinois à cette époque.

Le bouddhisme, résume fortement M. Goodrich, introduisit en Chine l'idée du karma, de la transmigration des âmes, de la rétribution du bien et du mal *post mortem*, un nombre incroyable de cieux et d'enfers, la mesure de temps cosmologique *kalpa* (4.320.000.000 d'années), l'idée du monde comme illusion, de la vie comme un mal, du sexe comme une chose répréhensible, de la famille comme un empêchement à la liberté spirituelle, du célibat monastique, de la mendicité, de l'aumône, du respect de la vie sous toutes ses formes, du végétarianisme, de l'ascétisme, etc... Beaucoup de ces idées sont profondément étrangères au génie du peuple chinois, et il ne les comprendra jamais tout à fait. Aujourd'hui encore et surtout, la littérature bouddhique forme un domaine à part. Celles concernant la famille, la nature illusoire de la réalité, par exemple, seront jugées par M. Hou Che comme des « idées mauvaises ». En fin de compte, c'est l'idée d'une évasion du monde, d'une sortie de la condition humaine, du « déconditionnement » de l'homme, selon le mot de M. Mircea Eliade, du renversement du procès évolutif en un procès involutif, comme on le voit opérer dans le yoga, qui paraîtra une illusion pour les Chinois.

Le bouddhisme est parvenu cependant à introduire dans la vie chinoise une dimension spirituelle inconnue jusque-là. Elle apparaîtra dans la peinture, dans ces paysages de montagnes et de sources coupés de brumes, où le sentiment chinois du devenir cosmique se chargera d'irréalité et de compassion infinie. Elle apparaîtra dans la statuaire

Wei du Vᵉ siècle retrouvée dans les grottes du Nord de la Chine, du Kansou au Chantong, dans les cryptes de Touen-houang, de Longmen, de Yunkang, figures étirées par une grâce et une ferveur indicibles et que René Grousset a comparées à celles de Chartres et de Reims.

D'ailleurs, le bouddhisme trouvera des formes plus appropriées à l'esprit chinois au IVᵉ siècle. Houei-yuan (334-416), un ancien taoïste, aurait été le fondateur de la secte dite de la *Terre Pure*. La foi y compte plus que les œuvres. Et il suffit d'invoquer le nom d'Amitabha à l'infini pour renaître au Paradis occidental, dans un lotus mystique. Le Seigneur de lumière, d'origine iranienne, Avalokitesçvara, y subira une étrange transformation. Il commencera par changer de sexe et deviendra Kouan-Yin ou Kouan-che-yin, celle qui *entend le son du monde*, ou plutôt sa plainte, avant de se vêtir un moment au XVIIᵉ siècle de l'uniforme d'un guerrier européen de Louis XIII. Le culte de la bodhisattva Kouan-yin, tenant dans ses bras un enfant, a été souvent rapproché du culte de la Sainte Vierge. Elle est la figure de la miséricorde.

Vers le même moment, un disciple du grand traducteur indien Kumarajiva (344-413), Tchou Tao-cheng (397-434), aurait été le fondateur de l'école contemplative du *dhyana*, que nous connaissons surtout sous son nom japonais de *zen* (chinois : *tchen-na* ; vietnamien : *thiên*). La plupart des historiens, néanmoins, la font commencer à Bodhidharma, venu en Chine en 520. Elle est caractérisée par une méthode dite de la « contemplation du mur » et recherche l'illumination. Elle influencera le Maître de la Montagne de l'Éléphant, Lou Kiu-yuan, au XIIᵉ, et Wang Yang-ming au XVᵉ siècle. Pour elle, Bouddha est dans le cœur de chaque homme. Prières, ascétisme, pèlerinages sont inutiles. Je me souviens, à ce sujet, de deux vers lus sur un vase de porcelaine :

*Rions de ceux qui courent les montagnes célèbres,*
*Ignorant que Bouddha est dans son cœur.*

En opposition aux deux précédentes écoles se dressa l'école dite de T'ien T'ai, nommée d'après une montagne du Tchekiang. Elle fut fondée par Tche-Y ou Tche-K'ai (538-597) en 575. Contrairement à l'illuminisme du *zen*, elle considère que l'étude est nécessaire. Elle intégra des éléments variés comme l'extase, le ritualisme et la discipline de soi. Mais elle tourna à la scolastique.

Le malheur des temps profita au bouddhisme et d'ailleurs aussi au taoïsme. Du Ve et du VIe siècle, après la chute de la dynastie de Tsin, on pouvait dire ce qu'un historien, Ngeou-yang Hiu (1007-1072), dira de son époque, qu'on ne pouvait en écrire l'histoire sans commencer par le mot *hélas*. Des catastrophes de toutes sortes contraignirent les petits propriétaires à vendre leurs terres aux grands à bas prix. Mais ceux-ci à leur tour, pour éviter les taxes, les mirent sous la protection d'un monastère bouddhique ou d'un phalanstère taoïste, dans lesquels ils prirent soin de placer un membre de leur famille. Les pauvres deviennent de plus en plus pauvres et désespérés, et les riches de plus en plus riches. De plus, les services de toutes sortes exigés de la population, en particulier le service militaire, poussèrent les hommes à embrasser la profession monastique. D'après Wei Chou (506-572), le nombre des moines et des nonnes était estimé, de son temps, à environ deux millions – pour une population qui ne devait pas en dépasser cinquante pour toute la Chine (et l'auteur ne parlait que de la Chine du Nord) – et celui des monastères à trente mille. Les monastères devinrent extrêmement riches et drainèrent tout le métal précieux du pays. Ce fut là même, entre autres raisons, l'origine de la réaction antibouddhique qui se produisit au milieu du IXe siècle.

L'influence et le succès du bouddhisme amenèrent le taoïsme à se réformer et à s'organiser en une Église. C'est au IIe siècle que la famille de Tchang s'attribua le suprême pontificat taoïste. Henri Maspéro avait encore rencontré un pape de cette famille et l'institution ne fut officiellement abolie qu'en 1927. C'est au taoïsme que se rattachait le poète Tao Ts'ien (ca 375-427), traduit en français par Jean Prévost, et le célèbre Lieou Ling, du groupe des *Sept Sages de la forêt de bambou*, qui se fit dans le vin une réputation au début du IVe siècle, au moment où le thé faisait son apparition en Chine depuis environ cent ans. À la même tendance doit être rattaché le peintre Kou K'ai-tche (344-406), peintre des scènes de cour, dont on possède au *British Museum* une copie, d'un art qui indique un aboutissement plutôt qu'un début.

L'âge n'était pas favorable au confucéanisme. De temps en temps, toutefois, pour les besoins de la bureaucratie, un prince se souvenait de créer un collège de confucéens ou d'inscrire sur la pierre les classiques. Le nombre des hommes ainsi formés n'était pas grand. Même sous les T'ang, au VIIIe siècle, quand le confucéanisme était renaissant, le chiffre des candidats aux concours de l'État oscillait entre deux ou trois mille par session et celui des reçus entre 1 % pour les sessions exceptionnelles et 5 % pour les sessions ordinaires. Le confucéanisme semble irrémédiablement lié à l'existence d'une classe aisée, qui disposait du loisir, et qui se préparait au service de l'État, comme les autres au service de la libération personnelle. En fait, les confucéanistes de l'époque tendaient au syncrétisme. Fou Hi (497-569), par exemple, portait un bonnet taoïste, des chaussures confucéennes et une écharpe bouddhiste sur l'épaule.

## IV. La renaissance confucéenne

Après les siècles de dépression historique, la Chine retrouva l'unité et la grandeur, à la fin du VIe siècle, avec l'éphémère dynastie des Souei (590-906) d'abord et celle des T'ang (618-906) ensuite. Elle reconstitua l'Empire de Han. Elle eut le sentiment d'une renaissance.

La puissante euphorie de l'époque s'exprima dans les lettres et dans les arts plus que dans la pensée proprement dite. On connaît les noms des deux grands poètes, souvent cités ensemble, Li Po (701-762) et Tou Fou (712-770). Une anthologie, publiée en 1705, donna une liste de 2 200 poètes. Wang Wei (699-759) était aussi grand poète que grand peintre. Ses poèmes étaient autant de peintures et ses peintures autant de poèmes. D'où ces poèmes qu'on voit au coin des tableaux chinois. Ils étaient animés par un sentiment profond de la nature (non pas la nature-décor de Rousseau), de la joie et de la beauté de la vie, de la mélancolie des choses qui passent. Le « pavillon de la grue d'or », d'où la grue sacrée s'est envolée, est évoqué, avec une nostalgie et un regret mystiques en face des « nuages blancs qui flottent éternellement », au-dessus du fleuve de Han-yang. Le sapin bleu dans un paysage de lune, de sable et d'eau pose la grande énigme des origines. *Quel homme le premier regarda la lune? Quelle lune la première éclaira l'homme?* Le plus populaire de ces poètes fut Po Kiu-Y, qui, comme Musset faisant pleurer Margot, n'entendait rien écrire de définitif qu'il ne l'eût d'abord lu à une ignorante voisine. C'était l'âge de la célèbre danseuse Yang Kouei-fei, aimée de l'empereur Ming-houang, et qui périt tragiquement, « laissant choir dans la poussière l'oiseau d'or qui ornait ses cheveux »; l'âge où l'empereur faisait faire un parquet en or, avec figures de lotus, pour que chaque pas de la femme aimée fît éclore un lotus d'or. Vers la fin de cette époque se créa dans le milieu des danseuses cette étrange mode des « petits pieds », qui a duré jusqu'à nos jours. Les dames jouaient au polo, comme nous pouvons le voir sur certaines figurines en poterie. C'était le temps de la *vita mirabilis*.

L'empire, pratiquant une politique de portée mondiale, était accueillant aux étrangers. À la capitale, Tchang-Ngan, se pressaient Arabes, Persans, Tartares, Tibétains, Coréens, Japonais, Vietnamiens, etc... Toutes sortes de cultes étaient représentés dans l'empire. Le zoroastrisme (ou mazdéisme) y serait venu en 550, le christianisme nestorien en 635, le manichéisme en 694. La doctrine de Mani, on s'en souvient, avait un moment tenté saint Augustin. Des Juifs et des Arabes vivaient à Canton. Des Juifs persans seraient venus même avant, par voie de terre. Mais le judaïsme et l'Islam n'exercèrent pas d'influence discernable avant les dynasties de Song et de Yuan, au XII^e^ et au XIII^e^ siècle. Du nestorianisme nous possédons une stèle érigée en 781, en chinois et en syriaque, et un hymne à la Sainte Trinité, découvert à Touenhouang. Pour le manichéisme, il avait disparu de son pays d'origine depuis plusieurs siècles, lorsqu'il réapparut soudain en Chine pour y demeurer deux cents ans, avant de resurgir comme de sous terre plus tard dans les Pyrénées orientales sous la forme de l'hérésie cathare, très certainement mélangée en cours de route de bouddhisme.

Sentimentalement bien disposé envers le taoïsme, pour la raison que le nom de clan de la dynastie, Li, était le même que celui de Lao-tseu, l'empereur était tolérant envers toutes les autres religions, s'il ne les encourageait. Le bouddhisme demeurait extrêmement puissant. L'extraordinaire voyage de Hiuan-tsang en Inde, à la recherche des livres, entre 629 et 645, à travers le désert du Gobi et les passes de l'Hindu-Kush, valut à la Chine un surcroît de prestige et au bouddhisme un renouveau de faveur. Le dernier pèlerinage important, comprenant plusieurs centaines de moines, aura lieu en 966. À partir de 1050, le triomphe de l'Islam dans l'Asie centrale coupa le bouddhisme chinois de sa source indienne. Au moment de l'édit de 845 contre le bouddhisme, ordonnant le retour à la vie laïque d'une grande partie des moines, la confiscation des biens des monastères et la destruction des temples, à l'exception de ceux de la capitale et des préfectures et des beaux édifices, on comptait encore 4 600 temples, 40 000 autels et 260 500 moines. En 1021, ce nombre d'ailleurs avait légèrement augmenté : 397 615 moines et 61 240 nonnes. L'édit de 845, en fait, atteignit toutes les religions d'origine étrangère. La raison réelle de cette réaction antibouddhique était la richesse en métal des monastères.

À plusieurs reprises, des voix s'étaient élevées contre le bouddhisme. Mais, depuis le VIIIe siècle, la bureaucratie confucéenne, mieux assise, donnait des preuves marquées d'impatience. Les désordres des moines, le caractère aberrant parfois de la « religiosité » hindoue leur en fournissaient le prétexte, sinon la raison. Han Yu, (768-824) écrivain de talent, qui se réclamait de Mencius, prononça contre le bouddhisme une très vive attaque. L'empereur célébrait une cérémonie pour recevoir une relique du Bouddha. *Le Bouddha*, dit Han Yu, dans sa supplique au trône, *est un étranger, qui ignore la relation entre prince et sujet, entre fils et père. S'il était encore vivant, Votre Majesté le recevrait au palais de Suen-tch'eng, l'honorerait d'un banquet, lui ferait don d'un costume et le renverrait en Occident pour qu'il ne pervertît pas les esprits. Comment peut-on conserver un os desséché de cet homme dans le secret du Palais ? Je demande à Votre Majesté d'ordonner qu'on jette cet os dans le feu ou dans l'eau pour tarir la source de l'esprit superstitieux.* Cette initiative insolente faillit coûter la tête à son auteur. Il rejoignit ici le point de vue de Wang Ts'ong (584-616), qui déclara deux siècles avant : *Bouddha est un saint homme, mais sa doctrine ne convient pas à l'histoire et au climat de la Chine.*

### *Le néo-confucéanisme ou la philosophie de la dynastie de Song*

Au début du Xe siècle, la Chine retomba pour environ un demi-siècle dans une période de morcellement, dite des

*Cinq Dynasties* (907-959). Puis, la dynastie de Song put rétablir l'unité, dans une Chine diminuée, jusqu'à ce qu'enfin les barbares, déjà établis dans le Nord-Est, envahissent tout le Nord. Les Song, fondés en 960, durent se réfugier, à partir du 1127, dans le Sud.

« La dynastie de T'ang, écrit Thomas F. Carter, avait été un temps d'expansion des frontières et de contacts avec les pays de l'Ouest, une période de fraîcheur et de jeunesse, une ère de poésie lyrique et de foi religieuse. La dynastie de Song, coupée de l'Occident par l'invasion des nomades, était un temps de mûrissement et de maturité. La poésie lyrique fit place à la prose savante – énormes compendiums historiques, ouvrages de science naturelle et d'économie politique, d'un caractère et d'une qualité que ni la Chine, ni l'Occident, excepté pour une courte période en Grèce, n'en avaient jamais rêvées. La foi religieuse fit place à la spéculation philosophique et aux grands systèmes de pensées, qui ont dominé la Chine jusqu'à nos jours. En art, la hautaine tradition de la période précédente est amenée à porter ses fruits, de telle manière que la plus grande et la meilleure peinture chinoise qui existe actuellement vient de la période des Song. »

Le bouddhisme continuait de dominer la scène intellectuelle chinoise. Mais, après la persécution de 845, de la demi-douzaine de sectes qui existaient sous les T'ang : T'ien T'ai, San loun, Avatamsaka, Abhidarkoça, Yogaçara, Mantra, seule demeurait, semblait-il, celle du *zen*, sans doute parce que la mieux appropriée à l'esprit chinois. Un signe de la baisse de la vitalité intellectuelle du bouddhisme : il n'y eut plus, après 1037, et pendant un siècle et demi, que vingt traductions (comprenant 111 chapitres) des textes sacrés, alors qu'entre 982 et 1011 un bureau de traduction, dirigé par trois Hindous, publia 201 textes, comprenant 1 384 chapitres. Le Premier Empereur des Song, de plus, pour mettre fin au règne des militaires peu instruits, voulut rétablir les études classiques.

Mais la plupart des lettrés confucéens avaient été à l'école du bouddhisme et avaient des accointances avec le taoïsme. Et le néo-confucéanisme en portera la marque. Pour opposer quelque chose d'équivalent à la pensée bouddhique, une fois de plus, ils se retournèrent vers ce vieux livre de divination, le *Y king*.

Chao Young (1011-1077), était un disciple de Tch'en T'ouan, un maître taoïste ou anciennement taoïste. Il aurait calculé l'année tropicale à quatre secondes près. Il a tiré du *Y king* une science des nombres et une manière de physique. De l'unité du *T'ai ki* sortent les deux modalités du *yin* et du *yang* à l'infini. L'univers, *yu-tcheou* (*yu* = temps, *tcheou* = espace) est de la même étoffe que l'homme. La raison céleste, *t'ien-li*, est dans l'homme sa nature, *sing*. Elles sont des puissances intelligentes, des personnes, dans le sens où nous entendons ce mot, ayant une fonction de direction et de juridiction. Elles font penser au couple *Brahma-atma* hindou. Le sentiment (ou la sensibilité), *ts'ing*, est ce qui, dans la pure nature de l'homme, réagit à l'obscurité des choses. Elle est comme la lune qui reflète la pure lumière du soleil. Elle est la partie trouble. Il faut donc retrouver la pure nature de l'homme et y veiller jusque dans la solitude. On peut alors comprendre toutes choses. Son dialogue entre un pêcheur et un ramasseur de bois est un morceau célèbre où il insiste sur le caractère ineffable de la vérité et sur l'harmonie profonde de l'univers.

Pour Tcheou Toun-Y (1017-1073), plus souvent connu sous le nom de Tcheou Lien-K'i, *Tcheou de la Source incorruptible* dont l'influence fut déterminante sur son époque, le *wou-ki* (sans fond, sans poutre maîtresse, abîme) est le fondement original de l'univers. Il n'a pas de son ni d'odeur, selon le langage des *Odes*, de lieu, de commencement, ni de fin. C'est là son état. Dans sa manifestation, il est le *T'ai ki*. Ce sont les deux faces de la même réalité. Le *T'ai ki* lui-même a un aspect actif et un aspect passif, ou, comme on dirait aujourd'hui, un aspect positif et un aspect négatif, constituant les deux modalités du *yang* et du *yin*, procédant alternativement pour former l'ensemble des êtres et des choses. Dans l'ordre moral, la sincérité correspond au second état, celui de silence et de tranquillité, grâce auquel l'esprit répond exactement à la vérité des choses, permettant une action juste et opportune. Deux vers de Tcheou Toun-Y le dépeignent très bien :

*Jour après jour, je lis le Y king*
*J'ignore où en est le printemps dans mon jardin.*

Tchang Tsai (1020-1076) alla, à l'âge de vingt ans, rendre visite au savant ministre Fan Tchong-yen († 1052), qui lui conseilla d'étudier le *Tchong Yong*. Ne s'estimant pas satisfait par cet ouvrage, il chercha un moment du côté du bouddhisme et du taoïsme. Ce qu'il appelait le *T'ai hiu* (le Grand Vide ou Indéterminé) ne semble pas différer beaucoup du *wou-ki* de Tcheou Toun-Y. Il prête aux mêmes développements littéraires. Pour lui aussi, le *T'ai hiu* et le *T'ai ki* sont la même chose, représentent la face négative et la face positive de la même unité fondamentale de l'univers. Mais qu'est-ce que le *T'ai hiu ?* Il est malaisé de saisir une pensée qui ne définit pas les termes – c'est une remarque de Granet à propos de la pensée chinoise –, qui se plaît à une rhétorique creuse, – c'est une remarque de M.D. Suzuki – qui se joue à un aménagement verbal plus qu'à un aménagement des choses, qui lie indissolublement la physique à la morale. Le *T'ai hiu* n'est pas le néant des taoïstes, il n'est pas l'illusion des bouddhistes : il est simplement quelque chose d'immatériel, invisible. Le terme qui le traduirait le moins mal, ce serait notre *éther*.

Comme Tchang Tsai, les frères Tch'eng Hao (1032-1085) et Tch'eng Yi (1033-1107) se rattachent à l'école de Tcheou Toun-Y. Des problèmes semblables les occupent. Il serait fastidieux, si même cela nous était possible dans les limites de ces pages, de nous y étendre. Mais leurs préoccupations semblent être davantage morales. De l'affirmation de l'unité fondamentale du cosmos ils tirent un sentiment de fraternité étendue à l'ensemble des êtres et des choses et justifient les vieilles conceptions morales que nous connaissons déjà : l'humanité *(jen)*, l'opportunité *(tchong)* dans l'action, la sincérité, le respect de soi et d'autrui. Pour Tch'eng Hao le mal et le bien ne sont pas des absolus ; ils viennent de ce que nous atteignons ou n'atteignons pas le *milieu juste*. Et il s'agit toujours de maintenir un état d'équilibre, d'équanimité qui est la condition de l'action harmonieuse, de la rectitude morale et de l'intelligence. Tch'eng Y semble avoir davantage influencé le grand homme de l'école, Tchou Hi. Il accorde la priorité à la connaissance sur l'action. Il recommande d'examiner à fond la raison de chaque chose, une à une, selon un procédé qu'on pourrait dire analytique. On y voit comme une réaction contre les discussions sur la raison de l'univers d'un Tchang Tsai dont Tch'eng Hao dit que son savoir était livresque. C'est en examinant chaque chose, une à une, qu'on obtient un savoir unitaire, synthétique.

Une anecdote peint assez bien la différence entre les deux frères. Ils faisaient partie de la suite du gouverneur de Han-tcheou. La nuit venue, ils trouvèrent asile dans une pagode. Tch'eng Hao prit la porte de droite et tout le monde le suivit. Tch'eng Y entra par la porte de gauche et fut seul à le faire. « Voilà, soupira ce dernier, en quoi je suis inférieur à mon frère. » Le premier était aimable et indulgent, facile à fréquenter, tandis que le second était sévère et solennel. « Mon frère, dit Tch'eng Hao, peut faire respecter la doctrine de nos maîtres, mais pour ce qui est de guider les jeunes disciples, les aider à se réaliser selon leur talent, cela, je ne le lui cède pas. »

Disciple des frères Tch'eng, mais le plus célèbre de l'école, ayant même donné son nom à la philosophie des Song, fut Tchou Hi (1130-1200). Il faisait partie de la période des Song méridionaux. De mise correcte, d'apparence calme, sévère, respectueuse, il se levait tôt et se couchait tard. Grand érudit, il fut l'auteur d'une œuvre abondante. Il est pour beaucoup dans la figure qu'a prise le confucéanisme de nos jours. Il est considéré comme le père de la doctrine de la raison ou de la norme.

*Dans le cosmos il y a la raison* (li) *et le souffle* (k'i). *La raison est la Voie dans ce qu'elle a de supérieur, la racine de tous les êtres vivants. Le* k'i *est la partie inférieure, la matière des choses. Les êtres et les choses, en recevant le don de la raison, constituent leur nature (sing), en recevant le* k'i *constituent leur forme visible.*

En face de l'école de Tchou Hi se dressa son ami Lou Kiu-yuen (1139-1192), plus connu, d'après celui de la montagne près de laquelle il demeurait, sous le nom de Lou Siang-Chan, *Lou de la Montagne de l'Éléphant*. Il établit l'unité du cœur et de l'univers. Sans nier la part de la raison et de la matière dans la formation des choses, il accorde la primauté au cœur. C'est par lui que nous aimons, que nous connaissons. Une science qui va dans le détail risque d'obscurcir la « bonne connaissance » naturelle, le pouvoir inné que nous avons de connaître. Sa pensée semble être assez proche de l'école bouddhique du zen. C'est à lui que se rattachera au XV^e^ siècle Wang Yang-Ming. Il échangea avec Tchou Hi une correspondance intéressante. Il était éloquent et dans une conférence que Tchou Hi, alors fonctionnaire du lieu, réunit dans une grotte, sur le thème *l'homme supérieur aime la justice, l'homme de peu aime le profit*, il émut l'auditoire au point de lui faire verser des larmes.

Tous ces hommes se rattachaient au groupe des conservateurs dont l'un des chefs était l'historien Sseu-ma Kouang (1019-1086). Contre eux, il faudrait signaler le réformateur Wang Ngan-che (ou An-che) (1021-1086), l'un des hommes les plus étonnants de la dynastie des Song, grand poète, érudit, homme d'état. Il fit une tentative de socialisme d'état, qui échoua. Il s'opposa, sans y réussir non plus, au caractère exclusivement littéraire des épreuves des concours. Il voulait y substituer des questions sur l'économie politique, le droit, etc.

Le néo-confucéanisme, élaboré sous la dynastie des Song, a presque duré jusqu'à nos jours. Sans lui la Chine serait peut-être bouddhiste, musulmane ou chrétienne. Seulement il est frappant de constater que pour s'opposer à la métaphysique bouddhiste elle n'a pas pu faire autrement que de se retourner vers les vieux problèmes d'une physique universiste, sortie d'un livre de divination et de magie. L'esprit de la magie et de l'alchimie – et nous le voyons par Bacon – est plus proche qu'on ne le croit de la science ; mais pour y aboutir, il faut que l'expérience puisse être informée dans un système conceptuel rigoureux. Là se trouve le nœud de la question. La Chine n'a pas réussi, malgré des découvertes nombreuses et importantes faites avant l'Europe, à constituer avant celle-ci une science, pour la raison même qui fait qu'elle n'a pas constitué une religion et une logique. En cela, sa démarche est profondément différente de l'Inde, à laquelle on doit les religions et le zéro, – ce zéro dont Gandhi fit un but de son expérience spirituelle. Parce que les Chinois se meuvent mal dans l'abstrait – et le langage ici en est responsable –, ils s'en tiennent au concret et ne mettent pas en doute, comme font les Hindous et Descartes, la réalité du monde. L'idée d'une délivrance du monde leur paraît donc absurde. Il y a là comme des constantes.

### *Le cosmopolitisme*

À la fin du XIIIe siècle, la Chine fit partie d'un immense empire mondial, qui allait de Vienne jusqu'à Séoul. Sous la *pax mongolica*, la Route de la Soie devint, pendant vingt ans, celle de Marco Polo. La Chine fut de nouveau ouverte à toutes les influences étrangères comme sous les

T'ang. À Guillaume de Rubruk, envoyé de saint Louis, le souverain mongol, Mongka, aurait dit : « Dieu nous donne plusieurs doigts de la main. Ainsi nous donne-t-il plusieurs religions. » Aussi vit-on alors en Chine côte à côte des églises nestoriennes et catholiques, des mosquées, des synagogues, des pagodes. Un Russe fut reçu premier aux concours d'état de 1231. Les ingénieurs chinois organisèrent l'hydraulique en Mésopotamie. L'imprimerie chinoise serait alors venue en Europe.

Le confucéanisme ne semble pas trouver dans les périodes de vie puissante et neuve son climat. Il ne fut pas persécuté et reçut même des marques d'encouragement du pouvoir. Mais la bureaucratie confucéenne joua dans l'ensemble un rôle subalterne. Elle avait une tendance conservatrice, misonéiste; elle était occupée de morale, de stabilité sociale, dans un âge où une politique de puissance recherchait avant tout la science, l'art et la technique. C'est à cette époque, pourtant, que fut composé par Wang Ying-lin (1223-1296) le *San tseu king* (les Trois caractères), célèbre manuel pour les enfants, qu'on étudiait encore récemment dans les écoles de Chine et du Vietnam, arrangé selon un rythme de trois caractères. Il commence par une phrase qu'on dirait extraite de Rousseau : « Les hommes sont nés bons; le contact de la société les rend mauvais. »

Les examens traditionnels ayant été délaissés pendant une période de soixante-dix-huit ans, entre 1237 et 1315, les lettrés trouvèrent dans le théâtre un refuge pour leur idéal moral et peut-être pour des idées subversives. Aussi la période mongole fut le grand âge du théâtre chinois.

La dynastie mongole tomba dans la deuxième partie du XIVe siècle, exactement en 1394, après avoir régné en Chine depuis 1260, un peu plus d'un siècle. La dynastie des Ming (1368-1644) lui succéda. Le fondateur de cette maison, bien qu'il fût ancien moine bouddhique, probablement parce que les confucéens ne tenaient pas la première place sous la dynastie précédente, mit en honneur les philosophes de Song et en particulier Tchou Hi.

### *L'école du cœur*

Mais des discussions interminables sur la Raison universelle et la nature de l'homme par des lettrés, préoccupés d'ailleurs surtout de passer des examens, devait provoquer une réaction.

Elle fut représentée par Wang Cheou-jen, plus souvent connu sous le nom de Wang Yang-ming (1472-1528). Il se rattachait au courant subjectiviste de Lou Siang-chan et se réclamait du patronage de Mencius. Bien qu'il s'en défendît, on le croit assez proche de l'illuminisme du zen. Il prêchait la doctrine de la connaissance innée et intuitive, la bonne connaissance, *leang tche*, venant d'un cœur naturellement bon, *leang sin*. Il y a unité entre connaissance et action. « Qui ne fait pas ne sait pas. » « Il y a consonance et résonance de tous les êtres, les uns avec les autres. » (Ces formules sont de Wieger.) Il faut donc mettre sa volonté à écarter de son cœur ce qui le trouble, faire silence en soi pour l'écouter, « tenir pur et brillant le miroir » de son âme. Point besoin d'interroger les livres, ni les autres.

*Chacun a dans son cœur un Tchong-ni* (Confucius)
*Parfois visible, parfois dissimulé.*
*Disons sans ambages de quoi il s'agit :*
*Du savoir inné et point d'autre chose.*

Au tournant du XXe siècle, à la suite de l'impact occidental, l'école de Tchou Hi perdit la faveur des lettrés chinois. Tout le courant qui va de Mencius à Wang Yang-ming y a gagné. Une autre raison du succès de ce dernier vient de ce que sa doctrine dominait le Japon (Wang Yang-ming en japonais : Oyomei), au moment de la décisive transformation de l'ère Meiji. C'était attribuer beaucoup trop à une doctrine dans l'évolution d'un peuple.

En réalité la dynastie des Ming ne se fit pas particulièrement remarquer dans le domaine de la pensée, mais dans celui du théâtre et du roman. Grâce à un emploi largement répandu de l'imprimerie depuis le Xe siècle, des romans-fleuves comme le *San kouo* (les Trois Royaumes), attribué à Lo Pen ou Lo Kouan-tchong (fin XIVe s.), atteignirent un vaste public. Ce roman historique rendit populaires les figures de Liou Pi, représentant de la légitimité, Tchou-ko Leang, le type de l'invincible stratège, Kouan Yu, le héros de la loyauté (représenté souvent avec une figure rouge et adoré dans tous les temples du Vietnam), Ts'ao Ts'ao, l'usurpateur méfiant et rusé, de tous le moins conforme à l'idéal confucéen. À côté des romans historiques, on en trouvait qui mettaient en scène les confréries de « redresseurs de tort » comme le *Chouei hou* (le Rivage), attribué à Che Nai-ngan (fin XIVe s.), traduit en anglais par Mme Pearl Buck en 1933 ; des voyages de quête symbolique, rappelant celle du Graal, comme le *Si Yeou Ki* (Voyage en Occident), attribué à Wou Tch'en-ngen (ca 1500-1582), traduit en anglais par Arthur Waley en 1943, et en français récemment par Louis Avenol, et qui popularisa le pèlerinage en Inde, du moine Hiuan-tsang sous les T'ang ; des histoires de dieux et de démons ; et enfin des romans de mœurs très osés.

De tous les récits de l'époque le moins étonnant n'est pas une version chinoise de la *Divina Comedia*. (Cf. J. L. L. Duyvendak, *A Chinese « Divina Comedia »*, T'oung Pao, XLI). Fortement résumée, profondément transformée, sinisée, elle est parfaitement reconnaissable. On y retrouve l'*antica strega* de Dante, la tour des morts où ils montent pour contempler une dernière fois le paysage de leur vie passée. La source en serait un récit de voyage perdu, dû à un voyageur chinois, probablement musulman, qui avait été à la Mecque. La *Divina Comedia* chinoise serait contemporaine des grands voyages organisés par le Grand Eunuque Tcheng Ho au début du XV^e siècle dans les Mers du Sud et dans l'océan Indien jusqu'aux côtes de l'Afrique et de l'Arabie et qui ont donné naissance à une quantité de récits fantastiques de voyages par mer.

Tous ces romans méritent un intérêt plus grand qu'on ne leur accorde en général et que surtout ne leur accordaient les lettrés confucéens. Malgré un emploi abusif des *suspenses* et l'intervention fréquemment sollicitée du *deus ex machina*, ils sont riches en psychologie et éclairent remarquablement bien la psychologie chinoise et la mythologie inconsciente qui gouverne les Chinois. Kin Cheng-t'an (ca 1610-1661), qui préfaça le *Chouei hou* et le *San Kouo*, leur trouva même plus de signification et de valeur littéraire que les ouvrages de philosophie, de poésie et d'histoire. D'admirables contes, denses et brefs, sont d'ailleurs chargés de signification symbolique.

Enfin, continuant une tradition inaugurée par les Song, ou du moins hautement représentée par eux, les Ming se signalèrent par des encyclopédies, dont l'une, achevée en 1407, fut si énorme, qu'elle ne put être publiée. Elle comprenait 11 095 volumes, formant 22 877 chapitres. Il en resterait 368 volumes. Parmi des travaux scientifiques de diverses sortes, retenons encore un dictionnaire de 1615, dû à Mei Ying-tso. Il contenait 33 179 caractères et fixa à 214 le nombre des radicaux, auparavant oscillant entre 540 et 544. Il renouvela en fait une tentative de simplification scripturale (fixant les radicaux à 242), faite par un prêtre bouddhiste khitan de 997. C'est un problème qui continue de requérir l'attention des chefs de la Chine nouvelle. Le chiffre de 214 peut certainement être aujourd'hui encore réduit à moins. Les gravures sur bois de l'époque pour l'illustration des livres sont fort intéressantes.

### *Occident et Orient*

Nul doute que le fait important des Ming fut l'arrivée en Chine des missionnaires européens. Le plus remarquable d'entre eux, ou du moins le premier dans l'ordre de l'antériorité, fut l'italien Mathieu Ricci (en transcription chinoise Li Ma Ts'eou), né en 1552 et mort en 1610. Comme Alexandre de Rhodes au Vietnam, il s'adapta parfaitement bien et rapidement à la vie chinoise. Il fut considéré par les lettrés chinois comme un des leurs et fit des adeptes parmi eux. Il fut suivi d'hommes de valeur comme Adam Schall, Nicolas Longobardi, Jacques Rho, Sabbatins des Ursis, etc., et d'autres hommes qu'on a quelque mal à identifier sous la transcription chinoise.

Ils s'adaptèrent bien à la vie chinoise, parce que celle-ci n'était pas encore très éloignée de la vie occidentale. Elle le sera au XIXe siècle, après la révolution scientifique et industrielle en Europe. Au XIIIe siècle, tout émerveilla Marco Polo en Extrême-Orient. Il n'y avait pas de comparaison possible alors entre une Europe sortant difficilement de la nuit médiévale et les riches empires d'Asie. Mais entre le XVIe et le XVIIe siècle, les progrès scientifiques réalisés en Europe, et révélés en Chine par les traductions dues aux Jésuites d'ouvrages de mathématique, d'astronomie etc., commencèrent de surprendre l'esprit chinois. Ce fut une révolution de l'esprit, imperceptible, dont les conséquences seront manifestes au XIXe siècle.

À travers les Jésuites, la Chine perçut donc quelque chose de la Renaissance européenne. Mais elle n'en put tirer toutes les conséquences. Au contraire, sa puissance, incomparablement plus grande que celle d'aucune des nations européennes, l'empêchait de discerner la nouvelle orientation de l'esprit humain. Par contre, toujours par l'intermédiaire des Jésuites, la Chine contribua à accélérer le progrès européen. Ce qu'il y avait en elle d'un positivisme et d'un rationalisme un peu court, il est vrai, enfermé dans un contexte de pensée d'origine magique, détermina la philosophie des lumières du XVIII^e siècle. On en perçoit un écho dans Fénelon qui fit déjà dialoguer Socrate et Confucius, dans Leibniz, dans Beyle et dans Voltaire. Et Voltaire, c'est un signe ! Par un choc en retour, cette pensée du XVIII^e siècle français déterminera tout le mouvement réformiste chinois qui va de Leang K'i-tchao à Sun Yat Sen.

Entre la fin des Ming et le début de la dynastie mandchoue (1644-1912), il est possible de discerner l'influence occidentale chez une série de penseurs chinois. Elle provoqua une réaction contre l'intuitionnisme de Wang Yangming et la métaphysique d'un Tchou Hi. Kou Yen-wou, plus connu sous le nom de Kou T'ing-lin (1613-1682), préconisa une science fondée sur l'étude approfondie et extensive, sur l'examen et la preuve. Il s'insurgea contre une science livresque, uniquement tournée vers l'imitation des Anciens. Il ne valait pas la peine, d'après lui, de répéter les Anciens. De son *Jő tche lou* (Recueil des Connaissances journalières) il raya tout ce qui lui paraissait avoir déjà été dit. Yen Jo-kieou (1616-1704) se livra à une sévère critique des textes. Mao K'i-ling (1623-1713) fut son adversaire dans le même domaine. Tai Tchen (1723-1777) justifia, contre une raison métaphysique et inaccessible, le désir et la vie. Houang Tsoung-hi (1610-1695) attaqua la monarchie. Wang Fou-tche (1619-1692) se posa des questions sur le comment et les origines de la connaissance. Li Koung (1659-1733) insista sur l'expérience et la spécialisation.

La seule mention de ces noms montre que la pensée chinoise continua d'être active et en progrès sous les Ming et les Mandchous. Néanmoins, elle sembla difficilement se dégager d'une orientation morale et politique.

Un historien qui cherche des signes, sinon des causes, dans la complexe histoire des hommes, qui ne se comprend peut-être que par millénaires, croit même discerner comme des symptômes de la future crise du XIX^e siècle. Et pourtant la Chine allait atteindre son apogée avec K'ang Hi (1662-1722). Au début du XVe siècle, la navigation chinoise dominait encore l'océan Indien, allant de Sumatra jusqu'à l'Arabie. Les plus grands vaisseaux chinois atteignaient une dimension d'environ cent treize mètres et comportaient des cabines avec salle de bains, et une flotte en comptait plus d'une soixantaine. Mais à la fin du siècle, par une crainte étrange, la navigation chinoise s'arrêta tout d'un coup et même il fut interdit aux Chinois de s'expatrier. L'Empire, dans un réflexe qui témoignait de quelque obscure faiblesse, se referma sur lui-même. Il faut en voir la raison dans la crainte des pirates divers, parmi lesquels on trouvait des Chinois. Leurs raids se multiplièrent sur la côte chinoise. Les Japonais furent d'abord les plus actifs. Puis vinrent les Portugais et les Hollandais au XVIIe siècle. Une flotte japonaise en 1552 s'enhardit jusqu'à remonter le fleuve Bleu en détruisant toutes les villes situées sur les deux rives. Le coût des expéditions maritimes devint insupportable pour un budget qui ne cessait de gonfler sous le poids des nécessités militaires. Le développement des *latifundia*, qui avait causé la chute de plusieurs dynasties, fit celle des Ming. Et, selon un rythme bien connu, ce fut encore une dynastie barbare, la dynastie mandchoue des Ts'ing, qui remplaça, au milieu du XVIIe siècle, la dynastie indigène des Ming, avant de se laisser entièrement absorber par le pays, lui apportant même définitivement en dot la Mandchourie. La Chine s'est toujours agrandie d'être conquise et ses conquérants y perdent jusqu'à leur personnalité ethnique.

Pourtant une histoire trop linéaire nous laisserait ignorer des faits de grande conséquence, et non pas seulement sur le plan matériel : par exemple, l'accroissement soudain de la population dans la deuxième partie du XVIIe siècle. Depuis le VIIe siècle jusqu'à 1578, celle-ci tournait autour de cinquante à soixante millions. Brusquement, elle doubla et monta à 108 000 000 en 1661 pour atteindre

143 411 000 en 1741. (En 1700, la population de l'Europe occidentale, comprenant les îles Britanniques, la France, l'Allemagne, l'Italie et l'Autriche, était de 54 000 000.) Ce fait fut la conséquence de l'importation du maïs et de diverses autres cultures et du développement du commerce. La curieuse porcelaine chinoise, avec des scènes européennes, fabriquée en vue de l'exportation, comme plus tard les produits japonais de Yokohama, sont une preuve de l'importance du trafic avec l'Europe. Elle fit d'ailleurs baisser la qualité de cette porcelaine.

### *L'impact occidental*

À partir de 1840, la pression européenne, conséquence de la Révolution scientifique et industrielle, devint très forte. La Chine ne sut pas y trouver la réplique. « Incapables de regarder au-delà du bout des doigts, note d'une manière amusante M. Carrington Goodrich, la cour et ses conseillers tentèrent de pratiquer une politique d'isolement. » À cette politique l'Europe répondit par l'exigence de la formule *open door and equal opportunity*, qui fut une politique américaine, pour la deuxième partie de la formule.

Le désarroi de l'esprit chinois se manifesta dans l'œuvre de K'ang Yeou-wei (1858-1927) et de Leang K'i-tchao (1873-1929). Avec un sens évident de l'inopportunité et une méconnaissance de la nature du *challenge*, selon le mot du brillant historien M. Arnold Toynbee, auquel la Chine était affrontée, K'ang Yeou-wei commença par la critique textuelle, contesta l'authenticité des textes confucéens en *kou-wen* (écriture ancienne), pour préconiser le retour aux textes en *kin-wen* (écriture moderne de la dynastie des Han !), apparemment plus simples, continuant une tradition exégétique commencée depuis le XVII^e siècle. Il exposa dans le *Ta t'ong chou* (la Grande Concorde), une utopie mi-confucéaniste, mi-communiste. Leang K'i-tchao fut un esprit passablement brouillon, encore qu'écrivain brillant. Disciple de K'ang Yeou-wei, il se rattacha un moment à l'école dite du cœur du Maître de la Montagne de l'Éléphant et de Wang Yang-ming. Probablement, sous l'influence des penseurs européens comme un Huxley, un Montesquieu ou un Rousseau, révélés en Chine vers ce moment, il voulut présenter, face à l'Occident, une Chine plus exotérique, débarrassée des vestiges du bouddhisme et des spéculations universistes des Song, plus démocratique et socialisante. Pour lui, le confucéanisme était entré en décadence immédiatement après Mencius. Siun-tseu surtout, certainement l'esprit le plus aigu de la tradition confucéenne, fut l'objet de son hostilité. Il voyagea au Japon et aux États-Unis, participa à un complot, fonda un journal à Changhaï, eut une activité idéologique. Sa pensée aboutit au réformisme de Sun Yat Sen, penseur assez faible, mais révolutionnaire qui a pris la valeur d'un symbole pour la Chine démocratique. Un des livres de Leang a été traduit en anglais sous le titre *History of Chinese political thought*.

Après lui, Hou Che [4] fut l'auteur d'une histoire de la philosophie chinoise (1919) et d'un excellent livre sur les logiciens chinois (1922). Il fonda avec Lou Siun, le futur Gorki chinois, une école littéraire. Ce dernier s'en détachera pour former avec M. Mao Touen un autre groupe. M. Kouo Mo-jo fut l'un des créateurs d'une société pour l'étude du marxisme. M. Fong Yeou-Lan est un historien de la philosophie largement informé, quoique par moments confus. Sans être marxiste, il se rallia au nouveau régime de la Chine continentale. Mais nous ne sommes plus ici, ou du moins directement, dans le confucéanisme.

Le marxisme sera-t-il compris des Chinois ? Résoudra-t-il les problèmes de la pensée chinoise ? Ce livre ne se propose pas d'y apporter une réponse. Mais l'aventure du bouddhisme en Chine permettrait de pressentir ce qu'elle pourrait être. Ce qu'il y a dans le marxisme d'abstrait et de systématique paraît devoir rester étranger à l'esprit chinois.

On ne voit même pas celui-ci élaborer un marxisme spécifiquement chinois comme il a créé le bouddhisme *zen*, parce que le marxisme ne porte pas sur une réalité qui puisse être atteinte par des voies non conceptuelles. Il se situe, dialectique ou non, dans la ligne du rationalisme occidental ; plus ou moins implicitement, il continue le mécanisme des choses dans la logique de l'esprit. La pensée chinoise, qui présente parfois un aspect positif, pratique, préscientifique, mais concret, a sa racine dans des conceptions magico-religieuses primitives et plutôt magiques que religieuses, d'où vient son ritualisme. Entre les deux pensées, il y a des rencontres, mais la démarche de l'esprit est différente et les incompatibilités sont nombreuses. La Chine pourrait utiliser le marxisme, lui apporter même le correctif de son empirisme et de son humanisme ; l'esprit du système lui demeure étranger. Très finement, M. Kaltenmark-Guequier, à la fin de son excellent petit livre sur *la Littérature Chinoise*, a posé ainsi le problème : « Le grand drame de la Chine nouvelle est là : devenir une nation moderne sans renier sa civilisation plusieurs fois millénaire. »

# Histoire de la Chine et du monde

## Les Trois Augustes et Les Cinq Souverains

(période légendaire)

Fou-hi (dates traditionnelles : 4480-4365 ? A. C.)
Divination, écriture, mariage, etc.
Chen-nong (3330-3080 ? A. C.)
Agriculture.
Houang-ti (2697-2597 ? A. C.)
Patron des fondeurs et des taoïstes, calendrier, médecine, noms de famille, vêtements, etc.
Yao (2357-2257 ? A. C.)
Chouen (2256-2208 ? A. C.)

Patrons des confucéanistes.

En Mésopotamie, période Obeid, $\text{v}^{\text{e}}$-$\text{iv}^{\text{e}}$ millénaire A. C. – Sumer, 3500 A. C.
Écriture cunéiforme, 3000-2700 A. C. – Cités-états, 2700-2300 A. C. – Ur III, Néo-Sumer, 2000 A. C. – Destruction de Troie, 2200 A. C. – Civilisations de l'Indus et du Nil vers la même époque. (Civ. du Baloutchistan, 3500-3000, Mohenjo-Daro, 2500-2000 ; Ancien Empire d'Égypte, 2800 A. C.).

## Les Trois Dynasties

Dynastie des Hia
(ca 2000-1523 A. C.)
Fondée par Yu le Grand, évacuateur des eaux du Déluge, fin de l'âge lithique.

Apparition des Indo-Européens. – Premiers palais crétois, ca 2000 A. C.-Babylone (1900-1800 A. C.) – Abraham.

Dynastie des Chang ou Yin
(ca 1523-1027 A. C.)
Inscriptions oraculaires, religions animistiques et orgiastiques, figurines en marbre et en bronze, etc.

Les Védas, 1500-1000 A. C. – Conquêtes égyptiennes, 1500-1400 A. C. – Naissance de Moïse, 1305 A. C. – Guerre de Troie, ca 1200 A. C.

| | |
|---|---|
| Dynastie des Tcheou (1027-249 A. C.).<br>1. Les premiers Rois (1027-771 A. C.) : *les Odes*.<br>2. Période de Printemps et Automne (722-481 A. C.) : Confucius (551-479 A. C.)<br>3. Période des Royaumes Combattants (403-249 A. C.) : Mencius (372-289 A. C.) | Phéniciens, ca 1000 – Fondation de Rome, 753 A. C. – Homère, ca 740 A. C. – Thalès, ca 585 – Pythagore, né entre 590 et 570 – Héraclite, ca 504 – Bouddha, 556-476 – Achèvement de la Bible, ca v^e^ s. – Socrate, 470-399. (Confucius contemporain des antésocratiques et de Bouddha.) – Alexandre en Inde, 327-325 A. C. |

## Le premier Empire

| | |
|---|---|
| Dynastie des Ts'in (249-207 A. C.)<br>Illustrée par la grande figure de Ts'in Che Houang Ti (1^er^ Empereur). Politique légiste. Incendie des livres, 213 A. C. La Grande Muraille. | Sacre d'Açoka en Inde, 260 A. C. – Amilcar en Espagne, 237 A. C. |
| Dynastie des Han (206 A. C. – 220 P. C.)<br>Orthodoxie confucéenne, érudition. *Morcellement.* | César en Gaule, 58 A. C. – Diaspora, 70 P. C. |
| Les Trois Royaumes (220-280 P. C.)<br>Progrès du bouddhisme et du taoïsme.<br>*Restauration éphémère.* | Plotin, 205-270 – Bouddhisme au Vietnam – Manichéisme en Perse. |
| Dynastie des Tsin occidentaux (265-316 P. C.)<br>*Invasions barbares.* | |
| NORD : Dynasties barbares (350-581 P. C.)<br>SUD : Six dynasties nationales (225-589 P. C.).<br>Art Wei, Zen et Amida. | Alaric assiège Rome, 408 – saint Augustin, 430 – Attila, 452. |

## Le deuxième Empire

Dynastie des Souei (581-617)

Dynastie des T'ang (618-907)

*Morcellement.*

Les Cinq Dynasties (907-959)

*Restauration partielle.*

Dynastie des Song septentrionaux (960-1126),

Néo-confucéanisme.

Mahomet à La Mecque, 630 – Conversion des Kazars au judaïsme, 641 – Sacre de Charlemagne, Haroun Al-Rachid, ca 800. Première Croisade, 1095 –

*Invasions barbares.*

| NORD | SUD | |
|---|---|---|
| Dynasties barbares des Leao, Mongols (907-1125) Kin, Mandchous (1115-1234). | Dynastie des Song méridionaux (1127-1279) néo-confucéanisme. Encyclopédies. | Fin des Croisades, 1270 – Équilibre de la civilisation médiévale en France aux XII$^{e}$ et XIII$^{e}$ s. |

## Le troisième Empire

Dynastie mongole des Yuen (1260-1367)

Éclectisme religieux. Théâtre.

Début de la Guerre de Cent Ans, 1337.

Dynastie des Ming (1368-1644)

Wang Yang-ming, l'École du cœur. Critique textuelle. Romans. Encyclopédies. Les Jésuites.

Tamerlan en Russie et en Inde, 1398 – Recul de l'Islam en Espagne, XIV$^{e}$-XV$^{e}$ s. – Entrée des Turcs à Constantinople, 1453 – Naissance de Luther, 1483 – Mort de Calvin, 1564 – Conversion d'Henri IV, 1593 – Les Hollandais à Sumatra et à Bornéo, 1598.

| | |
|---|---|
| Dynastie mandchoue des Ts'ing (1644-1911)<br>Critique textuelle. Esprit critique. Encyclopédies, Intervention européenne. | |
| République (1912-1949)<br>Influences maritimes. | Révolution scientifique, industrielle, sociale, Napoléon. |
| Nouveau Régime (depuis 1949)<br>Influences continentales. | Bombe H. |

# Aperçu bibliographique

Cet *aperçu bibliographique*, comme son nom l'indique, ne retient que les ouvrages les plus marquants, ou les plus connus, ou les plus récents, qui nous ont paru utiles ou même nécessaires à une compréhension de la Chine et de Confucius. Il ne s'agit que d'une introduction, mais faite de plusieurs points de vue. Nous avons donné la préférence aux ouvrages écrits en français ou traduits en français, chaque fois que nous en avons eu connaissance et que nous avons pu les consulter ou en vérifier le titre. Cela laisse de côté des ouvrages connus, mais dont notre mémoire n'a pas retenu le titre exact.

## Textes

S. COUVREUR, *les Quatre livres : III Entretiens de Confucius et de ses disciples*, Ho-Kien Fou 1895, puis Paris, collect. « Cathasia » (Les Belles Lettres).

SSEU-MA TS'IEN, *Mémoires historiques*, 5 vol. trad. d'Éd. Chavannes, Paris, 1905.

Les classiques, comprenant cinq *king* et quatre *chou*, se retrouvent dans la collection *Cathasia* pour les traductions de Couvreur, dans la collection *The Chinese Classics* et *Sacred books of the East* pour les traductions de James Legge. À la liste des traducteurs de Confucius il faut ajouter les noms de William Soothill, Arthur Waley, Richard Wilhem et même d'Ezra Pound.

## Ouvrages sur Confucius

HERBERT GILES, *Confucius and its rivals*, Londres, 1915.

L. EUL-SOU YOUN, *Confucius, sa vie, son œuvre*, Paris, 1942 (Maisonneuve).

TRAN TRONG-KIM, *Nho-giao* (La doctrine des lettrés), 4 vol., Hanoï, ca 1923-1944, 3e et 4e éd., 2 vol., Saïgon (Tân Viêt).

ALEXIS RYGALOFF, *Confucius*, Paris, 1946.

H. G. CREEL, *Confucius, the man and the myth*, Londres, 1951.

RICHARD WILHEM, *Kungtse, Leben und Lehren*, Leipzig, 1925 ; Stuttgart, 1950.

JEANNE GRIPEKOVEN, *Confucius et son temps*, Bruxelles, 1955.

LIU WU-CHI, *Confucius, his life and time*, New York, 1955.

RENÉ ETIEMBLE, *Confucius*, Paris, 1956.

SHIGEKI KAIZUKA, *Confucius*, New York, Londres, 1956.

## Ouvrages généraux

HERLLEE G. CREEL, *la Naissance de la Chine*, trad. de Clerc Salles, Préf. de Carl W. Bishop, Paris, 1937 (Payot).

HENRI MASPÉRO, *la Chine antique*, Paris, 1927, 1955.

L. CARRINGTON GOODRICH, *A short history of the Chinese people*, Londres, 1948 (Allen et Unwin).

DAO DUY-ANH, *Trung-hoa su-cuong* (Précis d'histoire de la Chine), rééd., Saïgon, 1941 (Xuât ban Bôn Phuong).

RICHARD WILHEM, *Histoire de la Civilisation chinoise*, Paris (Payot).

JAMES LEGGE, *The religions of China*, Londres, 1880 ; New York, 1881.

J. J. M. DE GROOT, *The religious system of China*, 6 vol., Leyde 1892, 1912.

MARCEL GRANET, *la Religion des Chinois*, Paris, 1922.

HENRI MASPÉRO, *les Religions chinoises*, Paris, 1950 (Publ. du Musée Guimet).

BERHARD KARLGREN, *Philology and Ancient China*, Oslo, Cambridge, 1926.

MAX WEBER, *Konfuzianismus und Taoismus*, In : *Gesammelte Aufsätze zur Religionssoziologie*, Berlin, 1920. Trad. angl. de Hans H. Gerth : *The Religions of China : Confucianism and Taoism*, Glencoe, III, 1951.

HOU CHE, *Tchong-kouo tchö-hio che ta-kang* (Précis d'Histoire de la philosophie chinoise), Changhai, 1919.

HU SHIH (HOU CHE), *The development of the Logical method in Ancient China*, Changhai, 1922.

D. T. SUZUKI, *A brief history of Early Chinese philosophy*, Londres, 1914 (Probsthain).

FONG YEOU-LAN, *Précis d'histoire de la philosophie chinoise*, trad. de Guillaume Dunstheimer, Préf. de P. Demiéville, Paris, 1952 (Payot).

E. R. HUGHES, *Chinese thought in classical times*, Londres, New-York, 1942.

H. G. CREEL, *Chinese thought from Confucius to Mao Tse-tung*, Londres, 1954 (Eyre and Spottiswoode).

ARTHUR WALEY, *The Way and its Power...* Londres 1934, puis Collect. Unesco des œuvres représentatives (V. Introduction).

H. BERNARD-MAÎTRE, *Sagesse chinoise et philosophie chrétienne*, Sienhsien 1936, Paris (Les Belles Lettres).

O. KALTENMARK-GHEQUIER, *la Littérature chinoise*, Paris 1948 (P. U. F.).

# Notes

| Notes | Pages | |
|---|---|---|
| 1 | 13 | Par exemple : *ma*, cheval, à rapprocher du haut-germain archaïque *marah ; k'iuen* (ch. arch.), chien, du latin *canis*. Le relevé en a été fait en 1936, par M. Hans Jensen in « Indogermanisch und Chinesisch », in Arntz, *Germanen und Indogermanen*. |
| 2 | 30 | Cf. H. Maspéro, *La Chine Antique*. Réédition 1955, p. 110-111. |
| 3 | 41 | Voir Chavannes, *Mission archéologique*..., fig. 137, 169, 1223, 1235 et *Corpus des pierres sculptées Han* du Centre sinologique de Pékin, T. I., pl. 87, 89, 129 ; T. II, pl. 150, 165. |
| 4 | 169 | Mort au début de 1962. |

# *Table*

RÉALISATION : NORD COMPO À VILLENEUVE-D'ASCQ
IMPRESSION : NOVOPRINT
DÉPÔT LÉGAL : SEPTEMBRE 2003. N° 61257
*Imprimé en Espagne*

# Collection Points

**SÉRIE SAGESSES**

*dirigée par Vincent Bardet et Jean-Louis Schlegel*

Sa30. La Quête du Graal, *présenté et établi par Albert Béguin et Yves Bonnefoy*
Sa31. Confessions de saint Augustin *traduction par Louis de Mondadon*
Sa32. Les Prédestinés, *par Georges Bernanos*
Sa33. Les Hommes ivres de Dieu, *par Jacques Lacarrière*
Sa34. Évangiles apocryphes, *par France Quéré*
Sa35. La Nuit obscure, *par saint Jean de la Croix traduction du P. Grégoire de Saint-Joseph*
Sa36. Découverte de l'Islam, *par Roger Du Pasquier*
Sa37. Shambhala, *par Chögyam Trungpa*
Sa38. Un saint soufi du XX^e^ siècle, *par Martin Lings*
Sa39. Le Livre des visions et instructions *par Angèle de Foligno*
Sa40. Paroles du Bouddha, *traduit du chinois par Jean Eracle*
Sa41. Né au Tibet, *par Chögyam Trungpa*
Sa42. Célébration biblique, *par Elie Wiesel*
Sa43. Les Mythes platoniciens, *par Geneviève Droz*
Sa44. Dîwân, *par Husayn Mansûr Hallâj*
Sa45. Questions zen, *par Philip Kapleau*
Sa46. La Voie du samouraï, *par Thomas Cleary*
Sa47. Le Prophète *et* Le Jardin du Prophète *par Khalil Gibran*
Sa48. Voyage sans fin, *par Chögyam Trungpa*
Sa49. De la mélancolie, *par Romano Guardini*
Sa50. Essai sur l'expérience de la mort *par Paul-Louis Landsberg*
Sa51. La Voie du karaté, *par Kenji Tokitsu*
Sa52. Le Livre brûlé, *par Marc-Alain Ouaknin*
Sa53. Shiva, *traduction et commentaires d'Alain Porte*
Sa54. Retour au silence, *par Dainin Katagiri*
Sa55. La Voie du Bouddha, *par Kyabdjé Kalou Rinpoché*
Sa56. Vivre en héros pour l'éveil, *par Shantideva*
Sa57. Hymne de l'univers, *par Pierre Teilhard de Chardin*
Sa58. Le Milieu divin, *par Pierre Teilhard de Chardin*
Sa59. Les Héros mythiques et l'Homme de toujours *par Fernand Comte*
Sa60. Les Entretiens de Houang-po *présentation et traduction de Patrick Carré*
Sa61. Folle Sagesse, *par Chögyam Trungpa*
Sa62. Mythes égyptiens, *par George Hart*
Sa63. Mythes nordiques, *par R. I. Page*
Sa64. Nul n'est une île, *par Thomas Merton*
Sa65. Écrits mystiques des Béguines, *par Hadewijch d'Anvers*
Sa66. La Liberté naturelle de l'esprit, *par Longchenpa*
Sa67. La Sage aux champignons sacrés, *par Maria Sabina*

Sa68. La Mystique rhénane, *par Alain de Libera*
Sa69. Mythes de la Mésopotamie, *par Henrietta McCall*
Sa70. Proverbes de la sagesse juive, *par Victor Malka*
Sa71. Mythes grecs, *par Lucilla Burn*
Sa72. Écrits spirituels d'Abd el-Kader
*présentés et traduits de l'arabe par Michel Chodkiewicz*
Sa73. Les Fioretti de saint François
*introduction et notes d'Alexandre Masseron*
Sa74. Mandala, *par Chögyam Trungpa*
Sa75. La Cité de Dieu
1. Livres I à X, *par saint Augustin*
Sa76. La Cité de Dieu
2. Livres XI à XVII, *par saint Augustin*
Sa77. La Cité de Dieu
3. Livres XVIII à XXII, *par saint Augustin*
Sa78. Entretiens avec un ermite de la sainte Montagne
sur la prière du cœur, *par Hiérothée Vlachos*
Sa79. Mythes perses, *par Vesta Sarkhosh Curtis*
Sa80. Sur le vrai bouddhisme de la Terre Pure, *par Shinran*
Sa81. Le Tabernacle des Lumières, *par Ghazâlî*
Sa82. Le Miroir du cœur. Tantra du Dzogchen
*traduit du tibétain et commenté par Philippe Cornu*
Sa83. Yoga, *par Tara Michaël*
Sa84. La Pensée hindoue, *par Émile Gathier*
Sa85. Bardo. Au-delà de la folie, *par Chögyam Trungpa*
Sa86. Mythes aztèques et mayas, *par Karl Taube*
Sa87. Partition rouge, *par Florence Delay et Jacques Roubaud*
Sa88. Traité du Milieu, *par Nagarjuna*
Sa89. Construction d'un château, *par Robert Misrahi*
Sa90. Mythes romains, *par Jane F. Gardner*
Sa91. Le Cantique spirituel, *par saint Jean de la Croix*
Sa92. La Vive Flamme d'amour, *par saint Jean de la Croix*
Sa93. Philosopher par le Feu, *par Françoise Bonardel*
Sa94. Le Nouvel Homme, *par Thomas Merton*
Sa95. Vivre en bonne entente avec Dieu, *par Baal-Shem-Tov*
*paroles recueillies par Martin Buber*
Sa96. Être plus, *par Pierre Teilhard de Chardin*
Sa97. Hymnes de la religion d'Aton
*traduits de l'égyptien et présentés par Pierre Grandet*
Sa98. Mythes celtiques, *par Miranda Jane Green*
Sa99. Le Soûtra de l'estrade du Sixième Patriarche Houei-neng
*par Fa-hai*
Sa100. Vie écrite par elle-même, *par Thérèse d'Avila*
Sa101. Seul à seul avec Dieu, *par Janusz Korczak*
Sa102. L'Abeille turquoise, *par Tsangyang Gyatso*
*chants d'amour présentés et traduits par Zéno Bianu*

Sa103. La Perfection de sagesse
*traduit du tibétain par Georges Driessens*
*sous la direction de Yonten Gyatso*
Sa104. Le Sentier de rectitude, *par Moïse Hayyim Luzzatto*
Sa105. Tantra. La voie de l'ultime, *par Chögyam Trungpa*
Sa106. Les Symboles chrétiens primitifs, *par Jean Daniélou*
Sa107. Le Trésor du cœur des êtres éveillés, *par Dilgo Khyentsé*
Sa108. La Flamme de l'attention, *par Krishnamurti*
Sa109. Proverbes chinois, *par Roger Darrobers*
Sa110. Les Récits hassidiques, tome 1, *par Martin Buber*
Sa111. Les Traités, *par Maître Eckhart*
Sa112. Krishnamurti, *par Zéno Bianu*
Sa113. Les Récits hassidiques, tome 2, *par Martin Buber*
Sa114. Ibn Arabî et le Voyage sans retour, *par Claude Addas*
Sa115. Abraham ou l'Invention de la foi, *par Guy Lafon*
Sa116. Padmasambhava, *par Philippe Cornu*
Sa117. Socrate, *par Micheline Sauvage*
Sa118. Jeu d'illusion, *par Chögyam Trungpa*
Sa119. La Pratique de l'éveil de Tipola à Trungpa
*par Fabrice Midal*
Sa120. Cent Éléphants sur un brin d'herbe, *par le Dalaï-Lama*
Sa121. Tantra de l'union secrète, *par Yonten Gyatso*
Sa122. Le Chant du Messie, *par Michel Bouttier*
Sa123. Sermons et Oraisons funèbres, *par Bossuet*
Sa124. Qu'est-ce que le hassidisme ?, *par Haïm Nisenbaum*
Sa125. Dernier Journal, *par Krishnamurti*
Sa126. L'Art de vivre. Méditation Vipassana
enseignée par S. N. Goenka, *par William Hart*
Sa127. Le Château de l'âme, *par Thérèse d'Avila*
Sa128. Sur le Bonheur / Sur l'Amour
*par Pierre Teilhard de Chardin*
Sa129. L'Entraînement de l'esprit
et l'Apprentissage de la bienveillance
*par Chögyam Trungpa*
Sa130. Petite Histoire du Tchan, *par Nguên Huu Khoa*
Sa131. Le Livre de la piété filiale, *par Confucius*
Sa132. Le Coran, *traduit par Jean Grosjean*
Sa133. L'Ennuagement du cœur, *par Rûzbehân*
Sa134. Les Plus Belles Légendes juives, *par Victor Malka*
Sa135. La Fin'amor, *par Jean-Claude Marol*
Sa136. L'Expérience de l'éveil, *par Nan Huai-Chin*
Sa137. La Légende dorée, *par Jacques de Voragine*
Sa138. Paroles d'un soufi, *par Kharaqânî*
Sa139. Jérémie, *par André Neher*
Sa140. Comment je crois, *par Pierre Teilhard de Chardin*
Sa141. Han-Fei-tse ou le Tao du prince, *par Han Fei*

Sa142. Connaître, soigner, aimer, *par Hippocrate*
Sa143. La parole est un monde, *par Anne Stamm*
Sa144. El Dorado, *par Zéno Bianu et Luis Mizón*
Sa145. Les Alchimistes
*par Michel Caron et Serge Hutin*
Sa146. Le Livre de la Cour Jaune, *par Patrick Carré*
Sa147. Du bonheur de vivre et de mourir en paix
*par Sa Sainteté le Dalaï-Lama*
Sa148. Science et Christ, *par Pierre Teilhard de Chardin*
Sa149. L'Enseignement de Sri Aurobindo
*par Madhav P. Pandit*
Sa150. Le Traité de Bodhidharma
*anonyme, traduit et commenté par Bernard Faure*
Sa151. Les Prodiges de l'esprit naturel,
*par Tenzin Wangyal*
Sa152. Mythes et Dieux tibétains, *par Fabrice Midal*
Sa153. Maître Eckhart et la mystique rhénane
*par Jeanne Ancelet-Hustache*
Sa154. Le Yoga de la sagesse
*par Sa Sainteté le Dalaï Lama*
Sa155. Conseils au roi, *par Nagarjuna*
Sa156. Gandhi et la non-violence, *par Suzanne Lassier*
Sa157. Chants mystiques du tantrisme cachemirien, *par Lalla*
Sa158. Saint François d'Assise et l'esprit franciscain
*par Ivan Gobry*
Sa159. La Vie, *par Milarepa*
Sa160. L'Avenir de l'Homme
*par Pierre Teilhard de Chardin*
Sa161. La Méditation en Orient et en Occident
*par Hans Waldenfels*
Sa162. Les Entretiens du Bouddha, *par Mohan Wijayaratna*
Sa163. Saint Benoît et la vie monastique, *par Claude Jean-Nesmy*
Sa164. L'Esprit du Tibet, *par Dilgo Khyentsé*
*Matthieu Ricard*
Sa165. Dieu et Moi, *par Aldous Huxley*
Sa166. Les Dernières Paroles de Krishna, *anonyme*
Sa167. Yi-King, par Thomas Cleary, *Lieou Yi-Ming*
Sa168. St Grégoire Palamas et la Mystique orthodoxe
*par Jean Meyendorff*
Sa169. Paraboles celtiques, *par Robert Van de Weyer*
Sa170. Le Livre des dialogues, *par Catherine de Sienne*
Sa171. Cendres sur le Bouddha, *par Seung Sahn*
Sa172. Conseils spirituels aux bouddhistes et aux chrétiens
*par Sa Sainteté le Dalaï-Lama*
Sa173. Charles de Foucault et la Fraternité
*par Denise et Robert Barrat*

Sa174. Préceptes de vie issus de la sagesse amérindienne
*par Jean-Paul Bourre*
Sa175. Préceptes de vie issus du guerrier de lumière
*par Jean-Paul Bourre*
Sa176. L'Énergie humaine, *par Pierre Teilhard de Chardin*
Sa177. Dhammapada, *traduit par Le Dong*
Sa178. Le Livre de la chance, *par Nagarjuna*
Sa179. Saint Augustin et l'Augustinisme
*par Henri-Irénée Marrou*
Sa180. Odes mystiques, *par Mawlâna Djalâl Od-Dîn Rûmi*
Sa181. Préceptes de vie issus de la sagesse juive
*par Pierre Itshak Lurçat (éd.)*
Sa182. Préceptes de vie issus du Dalaï Lama
*par Bernard Baudouin*
Sa 183. Dharma et Créativité, *par Chögyam Trungpa*
Sa 184. Les Sermons I, *par Maître Eckhart*
Sa 187. Confucius et l'Humanisme chinois, *par Pierre Do-Dinh*